Vissen smelten niet

Ander werk van Jef Aerts bij Querido

Het kleine paradijs (2012)
Groter dan een droom (met tekeningen van Marit Törnqvist, 2013)

Jef Aerts

Vissen smelten niet

Amsterdam · Antwerpen
Em. Querido's Uitgeverij B V
2013

www.queridokinderboeken.nl
www.jefaerts.be

De schrijver ontving voor het schrijven van dit boek een
werkbeurs van het Vlaams Fonds voor de Letteren.

e Dit boek is ook verkrijgbaar als e-book.

Omslag Barbara van Dongen Torman
Omslagillustratie Korneel Detailleur

isbn 978 90 451 1598 6 / nur 283

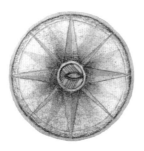

Op de koudste dag van het jaar was het feest in Winteroever. Zodra het ijs op het meer een halve meter dik was,
ging de ijsweg open tussen het dorp en de stad aan de
overkant. Matti kneep zijn ogen tot spleetjes. Hij zag
de sneeuwruimers dichterbij komen als grote dieren in
de vlakte. Ze schraapten de ijslaag vrij, zodat er straks
vrachtwagens over het bevroren meer konden rijden.
Achter hen liep de weg in een strakke lijn tot aan de horizon.

'Daar zijn ze!' gilden de kinderen op de steiger zodra
het geronk van de motoren de kleine haven had bereikt.
Net zoals Matti stonden ze hier al de hele week bij zonsopgang op de uitkijk. Ze hadden stokken bij zich en plastic toeters die een vreselijk lawaai konden maken. Hun
lippen waren paars van de kou, maar hun ogen gloeiden
van opwinding.

'Kom je ook mee, Spits?' riep Brand. Hij had een
doodskop op zijn muts en zwaaide vervaarlijk met zijn
stok. Matti had er een hekel aan dat iedereen hem zo
noemde. Kon hij er wat aan doen dat hij klein en mager
was, met een puntige neus en muizenoogjes? 'Als je spits
bent, ben je pienter,' had vader wel eens gezegd om hem
gerust te stellen. 'En de spits in het voetbal is degene

die het best kan scoren.' Toch bleef hij het een rotnaam vinden.

'Straks misschien,' antwoordde Matti. Zijn woorden werden meteen weggeblazen door het schelle getoeter.

Brand en de anderen klommen van de steiger en stoven met opgeheven stok over het marktplein. Vliegensvlug verspreidden ze zich in de smalle straatjes. Ze sloegen met hun stokken ijspegels van de huizen, drukten op de deurbellen en trommelden op de ruiten.

'Naar buiten!' hoorde Matti hen roepen. 'Ze komen eraan!'

Natuurlijk zou hij hen niet achternagaan. Hij had vandaag wel wat beters te doen. Zolang hij het zich kon herinneren, werd er op de allerkoudste dag feestgevierd in Winteroever. Maar nooit eerder had hij het zo spannend gevonden als vandaag.

Matti was 's ochtends vroeg uit bed gekropen. Het was pikdonker en hij had zijn zaklamp nodig gehad om de cijfertjes op de thermometer goed te kunnen lezen: -24 graden. Dat was twee graden kouder dan gisteren, maar was het koud genoeg? Het was bijna windstil geweest en de sterren leken aan de hemel bevroren. Hij had de thermische broek aangetrokken die moeder vorig jaar op skivakantie voor hem had gekocht en hij was het hellende straatje uit gehold naar de aanlegsteiger, vanwaar je ver over het meer kon kijken. De anderen waren er pas een halfuur later. Hij was trots dat hij de sneeuwruimers dit jaar als eerste had opgemerkt.

Het duurde niet lang of overal uit de huizen kwamen mensen tevoorschijn. Ze droegen een dikke sjaal en hun warmste muts en lachten uitgelaten toen ze het gedreun van de sneeuwruimers hoorden. Niemand wist precies wanneer een barkoude dag ook echt de allerkoudste dag zou zijn, maar de kratten met feestverlichting en wijn stonden al wekenlang klaar.

Achter de winkelruit herkende Matti het ronde gezicht van Pia, de goedlachse bakkersdochter die hem wel eens een kaneelbroodje toestopte. Ze wreef prompt in haar handen en knoopte haar schort voor zodra ze begreep wat er aan de hand was. Bij het postkantoor sleepte de postbode zijn tas vol brieven en kranten weer naar binnen. De apotheek, de supermarkt en het gemeentehuis bleven dicht. En Matti hoefde op de koudste dag niet naar school.

Het werd steeds drukker bij de steiger. Achter hem stonden de akelige buren die twee huizen verderop in zijn straat woonden. Ze hadden hun teckel een jasje en rode hondensokjes aangetrokken. Matti kon hun ogen in zijn rug voelen priemen. Sinds vader nog maar nauwelijks buiten kwam, begonnen ze steevast te fluisteren als ze Matti in de gaten kregen. Ze vroegen nooit hoe het met zijn vader ging, al brandde de vraag op hun lippen.

'Slecht,' zou hij zeggen, als hij het lef had gehad zich om te draaien. 'Het gaat niet goed met papa. Hij is gestopt met werken, zit de hele dag tegen zichzelf te schaken en slaapt nu op de bank. Dat is toch wat jullie wilden weten?'

Gelukkig leidde meneer Niklas hun aandacht af. De bejaarde ex-marinier vertelde honderduit over hoe deze dag vroeger werd gevierd in het dorp. Hoe zijn grootvader ooit met een te zwaar beladen paardenslee door het ijs was gezakt. En hoe ze hem met likeur van sleedoorn-bessen weer tot leven hadden gewekt.

De sneeuwruimers waren nu vlakbij. Matti kon het ijs horen kraken onder hun gewicht. Hij wist precies welke afstand ze moesten afleggen van de stad tot aan de plek waar hij stond: 6,7 kilometer. De ijsweg was de kortst mogelijke manier om over te steken. Er liep ook een verbindingsweg helemaal rondom het meer naar de stad, maar dat was een tocht van 87 kilometer. Te voet was je misschien wel drie dagen onderweg. Over de ijsweg duurde het hooguit een uur of twee, had hij zelf berekend.

Straks, wanneer het ijs door de havenpolitie op onregelmatigheden was gecontroleerd, zouden de eerste vrachtwagens naar Winteroever komen. Ze vervoerden olie, elektrische apparaten, meel, drank, batterijen, kleren en groente. Heel wat mannen waren van de lente tot de herfst schipper of visser, maar werden truckchauffeur zodra de rivieren en meren met een dikke ijslaag waren bedekt. De ijsweg was de meest efficiënte route om de dorpen in de buurt te bevoorraden en er werd dan ook graag gebruik van gemaakt. Op het plein voor het gemeentehuis werden de goederen in terreinwagens geladen en naar de winkels en opslagloodsen gebracht. Iedereen hielp mee om ervoor te zorgen dat de wintervoorraden werden aangevuld. En iedereen keek ernaar uit hoe ze nog dezelfde avond alweer zouden slinken tijdens het feest.

Twee sneeuwscooters met blauwe zwaailichten kwamen aan op het plein. Er werd gejuicht. De sneeuwruimers hadden bijna de oever bereikt. De politieagenten gaven aan waar ze precies aan land konden gaan. Even later denderden de enorme tractoren op manshoge wielen het dorp binnen. De bestuurders toeterden drie keer en staken triomfantelijk een arm op. Wanneer ze met een boog het marktplein op reden, holden de kinderen er joelend achteraan.

Matti bleef op de steiger staan en tuurde minutenlang naar de ijsweg. Het was een bijna kaarsrecht spoor van donker, glanzend ijs dat vol krassen en fijne barstjes zat. Aan weerszijden was de sneeuw opgehoopt tot dikke randen.

Nadat de sneeuwruimers aan land waren gegaan, hing Matti nog een hele tijd rond in de buurt van het marktplein. Hij keek toe hoe een vrouw bevroren vogels opraapte en in een vuilniszak stopte. Mannen met rijp in hun snor richtten palen op waaraan gekleurde lampen werden gehangen. Voor het gemeentehuis werd de stellage opgebouwd vanwaar straks het vuurwerk zou worden afgeschoten.

Twee keer slenterde hij tevergeefs langs café De Windroos op de hoek van het havenplein. Vanavond zou het er een drukte van jewelste zijn. Er werd dan gedanst, gezongen en vooral: meteen na het vuurwerk werd hier het vreselijke gevecht gehouden waar alle ellende om was begonnen. De deur zat op slot en er brandde nog geen licht. Matti hoopte achterom wat te kunnen zien, maar de raampjes zaten te hoog om naar binnen te kunnen kijken. Wel hingen aan de deur posters waarop zijn neef Jarno in slordige letters had geschreven: KOMT DAT ZIEN! GROOT VISSENGEVECHT. NA HET VUURWERK IN DE WINDROOS. OOK LEVENDE DIEREN TE KOOP.

Er liep een rilling over Matti's rug. 'Ook levende dieren' stond er, stel je voor! En wat gebeurde er met de dode? Hij wist het nu heel zeker: Jarno was voor geen haar te vertrouwen.

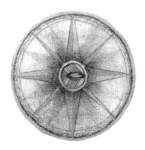

Toen Matti 's middags thuiskwam, holde moeder als een opgejaagd sneeuwhoen trap op, trap af. Ze had nog geen brood op tafel gezet.

'De ijsweg is nu helemaal open,' zei Matti. Hoewel hij op zijn benen trilde, deed hij zijn best om het als een normale mededeling te doen klinken.

'Heb je de sneeuwruimer gezien?' vroeg moeder terwijl ze een bakplaat met pruimentaartjes uit de oven haalde. Die zou ze straks verkopen op het feest.

'Het zijn er twee dit jaar,' zei Matti.

'Was er al veel volk?'

'Ja, best veel.' Zijn ogen dwaalden af naar de bank waar vader onder het geruite dekentje lag.

'Mooi zo,' zei moeder en ze klopte met de palm van haar hand op een bus poedersuiker. Het sneeuwde boven de taartjes. 'Ook jongens van je school?'

'Brand. En nog een paar.'

'Je had met hen kunnen spelen.'

'Vanmiddag blijf ik thuis.' Hij wist dat moeder dit niet wilde horen. Ze vond dat hij veel te vaak thuis bleef.

'Wat ben jij toch ongezellig geworden. Wat moeten je vrienden wel niet van je denken? Het is feest vandaag! Ga de straat op. Jarno zegt dat er zodra het donker is een

11

fakkeltocht wordt gehouden. Geweldig, toch?'

'Ja, héél gezellig,' zei Matti. 'Maar ik blijf hier.'

'Ook goed,' zei moeder. Ze mepte nog één keer op de suikerbus. 'Als je straks maar op tijd bent voor...'

'Het café was nog dicht,' zei Matti.

Nu keek moeder wel op. Er zat een witte vlek op haar feestjurk, maar Matti zei er niets van.

'Ben je al bij De Windroos gaan kijken?'

'Er was nog niets te zien.'

'Jarno haalt de vissen pas om half zeven op.' Moeder veegde haar handen af aan een vaatdoek en kwam naar hem toe. 'Ben je daarom zo prikkelbaar? Zet dat vissengevecht toch uit je hoofd. Jarno zorgt voor alles. En hij doet dat prima, dat weet je best. Het komt helemaal goed.'

Matti glipte langs haar heen naar de keukenkast. Het belangrijkste was dat ze geen argwaan kreeg.

'Het wordt een leuke avond, probeer daar aan te denken. En de rest...'

Matti pakte drie borden en bestek uit de kast en dekte de tafel. In de trommel zat nog een homp brood van gisteren. Uit de koelkast haalde hij jam, worst en de zachte geitenkaas van boer Jukka waar vader zo dol op was. Matti zette de borden precies zo neer als altijd, met moeder aan de kant van het aanrecht en hijzelf en vader ertegenover.

'Ik weet zelf wel wat ik wil,' zei hij.

Moeder haalde haar schouders op en holde alweer de trap op naar de slaapkamer.

'Heeft iemand mijn cape van zilvervos gezien?' riep ze nog vanuit het trapgat.

Die iemand dat waren Matti en zijn vader. Al telde die laatste niet echt mee, aangezien hij meestal met zijn rug naar de woonkamer op de bank lag. In het schemerdonker staarde hij naar het raam met het altijd gesloten rolluik. En antwoorden op een stomme vraag over verloren voorwerpen deed hij allang niet meer.

Matti ging aan de eettafel zitten en schonk zijn glas en dat van zijn vader vol met vruchtensap. Hij liet zijn mes hard op het bord kletteren en wachtte even of iemand zou reageren.

'Begin maar alvast,' hoorde hij moeder doorheen het houten plafond roepen. 'Ik kom wel als ik klaar ben.'

Matti sneed twee boterhammen af en besmeerde ze met boter. Hij draaide zich om naar de bank. Zijn vader had de schurende ademhaling van een oude man, ook al was hij pas vijfenveertig.

'Kaas?'

Vaders bovenlijf bewoog. Even leek het of hij zijn hoofd op zou tillen, maar hij stak als teken van goedkeuring traag zijn duim omhoog.

Matti schepte een lepel verse geitenkaas op het brood. Hij stak het puntje van zijn mes in de honing en liet die over de kaas druppen. Toen vouwde hij de boterham heel precies dicht en legde hem op vaders bord.

'Kom je?' Zijn stem haperde even. Hij wilde liefst dat er nu ook geen antwoord kwam. Maar op deze vraag antwoordde vader altijd.

'Ik eet wel hier,' murmelde hij.

Bij de bank hing een geur van muffe kleren. Voor Matti het bord met brood op de armleuning zette, trok hij het dekentje wat strakker over vaders rug.

Buiten kwam een brommertje snerpend tot stilstand. Matti haastte zich weer naar de keukentafel. Er werd een sleutel in het slot van de voordeur gestoken. Hij kwakte wat kaas op zijn eigen boterham en nam een hap. Iemand hing een jas en een helm aan de kapstok, laarzen werden aan de kant gezet.

Enkele tellen later kwam Jarno de kamer binnen. Hij had zijn haar achterovergekamd met gel en droeg een spijkerbroek en een gestreepte trui die Matti nog niet eerder had gezien. Jarno keek naar het bord van Matti en dat van moeder. Toen plofte hij neer op vaders lege stoel.

'Ook goeiemiddag, Spits,' zei hij.

Matti probeerde zo lang mogelijk op hetzelfde stukje brood te kauwen. Boven hen schuifelden moeders slippers. Jarno stond op om uit de keukenkast een extra bord te pakken.

Sinds vader zich van alles en iedereen had afgesloten, kwam zijn neef steeds vaker over de vloer. Hij was achttien en bijna twee koppen groter dan Matti. Jarno woonde alleen met zijn vader, oom Jakob, een dorp verderop. Matti had een hekel aan hem. Jarno was niet alleen brutaal, hij was vooral oliedom. Zo had hij op het schoolplein zijn studieboeken verbrand terwijl iedereen stond toe te kijken. Hij werd meteen van school gestuurd. Van oom Jakob kreeg hij sindsdien geen cent meer. Moeder had daarom voorgesteld dat Jarno bij hen kwam klussen. Er was zoveel dat vader niet meer kon doen. Het was Jarno die het berkenhout voor de winter had gekliefd en hij klom op het dak om een lek te dichten. Hij droeg de werkkleren van Matti's vader en besliste wanneer er nieuw gereedschap gekocht moest worden. Moeder vertrouwde hem blindelings, maar Matti wist wel beter:

Jarno was een indringer en daar kon je maar beter mee oppassen.

'Ben je gaan kijken?' vroeg Jarno, nadat hij een boterham met jam had gesmeerd.

'Tuurlijk,' antwoordde Matti. 'Wat dacht je?'

'Het wordt te gek vanavond. Iedereen is enthousiast.'

Matti dronk zijn glas vruchtensap in één keer leeg. Er bleef een vezeltje tussen zijn tanden zitten en hij had de grootste moeite om het los te peuteren.

'Geloof me, Spits,' zei Jarno. 'Vandaag gaan we een pak geld verdienen.'

Matti was al klaar met eten toen moeder beneden kwam. Ze had haar bontcape niet gevonden en droeg in plaats daarvan een gele gehaakte omslagdoek. Ze had haar haar opgestoken en zag er ongewoon opgewekt uit.

'Je lijkt er al helemaal klaar voor.' Jarno grijnsde.

'Ben ik ook,' lachte moeder. Ze ging bij hen aan tafel zitten. 'Het is feest. En dat laat ik me door niemand afpakken.'

'Groot gelijk, tante. Je hebt al genoeg ellende aan je hoofd.'

'Maar vandaag niet,' zei moeder.

'Nee,' antwoordde Jarno. 'Vandaag zijn we vrolijk, hè Spits?'

Matti propte gauw het laatste stukje brood in zijn mond.

'En oom?' Jarno maakte een beweging met zijn hoofd in de richting van de bank. 'Denk je dat hij meegaat? Het zou hem goeddoen.'

'Doe geen moeite. Hem krijg je met nog geen tien feesten van de bank.'

'Mag ik van tafel?' vroeg Matti. Hij had er een hekel aan als er achter vaders rug over hem werd gepraat. Hij veegde de kruimels af zijn bord en zette het boven op de vaatwasmachine. Daarna haastte hij zich de trap op naar zijn zolderkamertje.

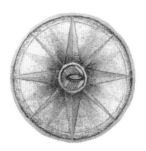

De hele middag lag Matti op bed en herhaalde in gedachten zijn berekeningen. 6,7 kilometer bij een gemiddelde snelheid van vier kilometer per uur betekende één uur en iets meer dan veertig minuten. Als het zou gaan sneeuwen, kwam daar minstens een kwartier extra bij. Veel marge had hij niet, maar het moest lukken. Hij had op een plattegrond getekend hoe de ijsweg over het meer naar de stad liep. Tegen de muur had hij briefjes gekleefd met de aantekeningen van zijn experimenten van de voorbije dagen. Nauwkeurig hield hij de thermometer in de gaten die buiten tegen het dakraampje hing. Het was een graadje warmer geworden dan vanochtend: -23 graden. In zijn berekeningen ging hij uit van -25 graden. Dan zat hij veilig. Maar wat als de lucht vanavond flink zou gaan afkoelen?

De cijfers zwermden door zijn hoofd en vermengden zich met de gedempte stemmen van moeder en Jarno in de woonkamer. De geur van pruimentaartjes drong binnen. Moeder moest al stapels hebben gebakken. Hopelijk kreeg vader niet te veel last van de rokerige baklucht. Matti sprong iedere keer als hij een deur hoorde opengaan overeind.

Het was nu vier uur en zes minuten. Hij maakte het

polsbandje van zijn waterproof horloge los en zette het een gaatje strakker. Ze mochten nu wel opschieten, daarbeneden. Buiten rommelde iemand in het houthok. Matti ging op zijn bed staan en keek uit het zolderraampje. Jarno had vaders gevoerde jas aan en duwde een kruiwagen vol houtblokken over het pad achter het huis. Hij droeg een koptelefoon en zijn hoofd bewoog ritmisch heen en weer. Matti had een hekel aan Jarno's muziek, de te strakke en te harde beats. Hij kreeg al hoofdpijn van het gedreun dat uit de koptelefoon kwam. Aan het einde van het pad stond vaders atelier. Het was een geel gebouw met grote ramen. De sneeuw lag hoog opgewaaid tegen de deur. De hele winter had niemand er een voet binnen gezet. Tot hij vorig jaar ziek werd, maakte vader er de meest verfijnde glas-in-loodramen. Uit gekleurde glasplaten sneed hij stukjes die hij met loodlijsten samenvoegde in een puzzel. Op zijn mooiste raam sprongen duizenden vissen tegelijk uit het meer.

Nadat Jarno de houtblokken naar binnen had gezeuld, hoorde Matti het gerinkel van koffiekopjes. Het was vier uur vijfentwintig. Moeder laadde de vaatwasser in. Het leek een eeuwigheid te duren.

Om kwart voor vijf kwam het signaal waar hij op wachtte: Jarno trapte met veel kabaal zijn brommertje aan en reed de straat uit. Fase één van zijn plan kon nu in werking treden.

Van onder zijn bed haalde hij een lederen tas tevoorschijn. Vader stopte er vroeger wel eens tekenspullen in als ze samen naar de Bramenheuvel achter het dorp trokken. Matti maakte de twee gespjes los. Alles zat nog precies op zijn plaats: een zaklamp, een mes en een groot stuk ontbijtkoek dat hij gisterenochtend, terwijl iedereen nog sliep, uit de keukenkast had gejat. Onderin lag een lap schapenvacht van ongeveer vijftig bij vijftig centimeter.

Moeder kwam de trap op. Snel schoof Matti de tas onder de dekens. In de kamer precies onder de zijne klapte de kleerkast open. Als hij op zijn buik op de plankenvloer ging liggen, zou hij moeder door de kieren kunnen zien. Het huis zat binnen vol gaten, maar naar buiten toe bleef het tegenwoordig potdicht.

Moeder had vast de poedersuikervlek op haar jurk opgemerkt. Hij hoopte dat ze vanavond de lichtblauwe jurk zou dragen die hij zo mooi vond. Met bloemetjes en een roze biesje op de kraag. Ze leek altijd zachter in die jurk, bijna breekbaar. Ze had hem vorige zomer aangetrokken op zijn verjaardag, toen vader de laatste keer met hen in de tuin cola had gedronken.

Na enkele minuten verdween moeder in de badkamer. Matti kleedde zich snel uit. De skibroek legde hij op het bed, de rest mikte hij in de wasmand. Hij zocht in de ladekast de juiste kleren. Lang ondergoed en een extra isolerend onderhemd. Hij pakte een ribfluwelen broek en de twee wollen truien die oma voor hem had gebreid. Met de skibroek er nog over zou hij er opgeblazen uitzien, maar wat deed het ertoe? Het was tenslotte de koudste dag van het jaar, niemand zou het merken.

Voorzichtig opende hij de deur van de zolderkamer en sloop op kousenvoeten de trap af tot aan de gangkast met schoenen. Hij wachtte even. In de badkamer poetste moeder haar tanden. Rap pakte hij het grootste paar sneeuwlaarzen. Zijn vader ging toch nooit de deur uit. Matti moest drie paar kousen over elkaar aantrekken, anders waren de laarzen veel te ruim.

Toen Matti helemaal aangekleed was, ging hij weer op bed liggen. Hij keek afwisselend op zijn horloge en naar het dakraampje boven hem. Het was vijf uur en drieëntwintig minuten. Om half zeven zou Jarno terugkomen om de bijkeuken leeg te maken en alles in de bestelauto te laden. De tijd drong.

'Ben je daar nog?' Moeder riep hem van onderaan het smalle trapje dat naar de zolder leidde. Matti haalde opgelucht adem. Ze was bijna klaar.

'Ja, mams.' Hij duwde de deur halfopen, zodat moeder wel zijn hoofd, maar niet de laarzen kon zien.

'Ik vertrek nu met de taartjes naar het café.'

'Goed.'

'Zie ik je daar dan?'

'Hmm.'

'Wat is dat: hmm?'

'Misschien.' Matti zweette. Hij trapte de laarzen uit, deed de deur verder open en ging op de bovenste trede zitten. 'Kun je Jarno echt niet tegenhouden?' vroeg hij.

Moeder veegde een restje tandpasta van haar lip. Ze droeg niet de lichtblauwe, maar de fuchsia jurk die ze voor Kerstmis had gekocht.

'Begin er niet nog eens over,' zei ze. 'Ik weet dat je je zorgen maakt over de vissen. Maar afspraak is afspraak. En ze komen vast goed terecht. Jarno weet wat hij doet.'

'Vader kan er niet eens bij zijn en dan gaan jullie...'

'Hou op!' Moeder klopte met haar vlakke hand op de trapleuning. 'Je vader heeft er zelf mee ingestemd, dat weet je. We hebben het geld nodig. En Jarno krijgt zijn kamer, of je dat nu leuk vindt of niet.'

20

Ze klakte op haar slippers de gang door.
'Tot straks,' zei ze nog.

Matti bleef aan de zoldertrap zitten, terwijl moeder beneden met veel gestommel de dozen met taartjes in tassen stopte, geschikte schoenen uitzocht, vader op de bank een zoen gaf en dan richting feest vertrok. Pas nadat de voordeur dichtklapte, sprong hij weer op. Het was al bijna half zes en de kust was veilig. Tijd voor fase twee.

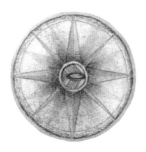

In de badkamer rook het naar rozenparfum en zeep. De spiegel boven de wastafel was beslagen. Matti pakte uit de kast de warmwaterkruik die zijn moeder gebruikte als ze last van wintertenen had. Het was een rubberen kruik met dikke ribbels op de zijkanten. Er ging wel twee liter in. Bij de wastafel schroefde hij de dop los. Hij draaide de kraan met het rode knopje open en wachtte tot het water dampte. Hij haalde de tandenborstels uit de beker en vulde hem met heet water. 62 graden. Dat had hij drie dagen na elkaar nauwkeurig gemeten. Hij goot het water in de kruik en vulde de beker nog een keer. Dat moest voldoende zijn.

Hij stopte de bedkruik in zijn tas en ging naar beneden. Vader had de televisie aangezet. Twee heren in pak speelden jazzmuziek op gitaar en piano. Maar vader lag met zijn kin op de borst te dutten. Heel even bleef Matti staan kijken. Zo met zijn ogen dicht leek zijn vader niet zo anders dan de vaders van zijn vrienden op school. Alleen dommelden die in bij het voetbal, niet bij een jazzconcert.

Hij sloop voorzichtig achter de bank naar de bijkeuken. Hij deed de deur open en glipte naar binnen. De lucht was er warm en vochtig. Er brandden witblauwe

lampen. Aan de wanden hingen vijf planken boven elkaar, met daarop rijen glazen potten. En in iedere pot
zat een vis in de meest wonderlijke kleuren: vermiljoenrood, turkoois, staalblauw, parelwit, paars en groenglan-
zend, met verschillende tekeningen en patronen. Ook
hun staarten waren allemaal anders. Matti kende alle
soorten: kroonstaarten en sluierstaarten, halvemanen
en dubbelstaarten, rozenstaarten en superdelta's. Zodra
de vissen hem zagen, zwommen ze snel heen en weer.
Hun vinnen tikten tegen het glas.

Matti boog zich hij naar de potten op de middelste
plank. Hij wist precies welke vis hij wilde hebben. Hij
tilde de derde pot van rechts in de lucht en hield hem
voor zijn gezicht. De vis was wat groter dan de andere,
met zilveren schubben en gemarmerde paarse strepen
op zijn halvemaanstaart. Hij schroefde de dop van de
warmwaterkruik. Voorzichtig goot hij eerst wat water
uit de pot in de kruik om de temperatuur van het hete
kraanwater te laten zakken. Daarna liet hij de vis erin
glippen. De opening was maar net groot genoeg. Twee
bekers water van 62 graden, de inhoud van een pot van
25 graden en één vis. Dat zorgde voor een gemiddelde
temperatuur van 32 graden. Matti draaide de dop weer
goed vast en nam het lapje schapenvacht uit de tas. Hij
legde de bedkruik midden op de vacht en vouwde de
vier zijden dicht. Buiten bij -23 graden zakte de temperatuur van het water in de kruik met de tas en het scha-
penvachtje eromheen op twee uur tijd tot 15 graden. Dat
was te koud voor een tropische vis, maar Matti gokte
erop dat het wel warm genoeg was om hem levend over
de ijsweg te krijgen.

Tien voor zes. Hij zette de lege pot op de plank. Bin-

23

nen veertig minuten kwam Jarno terug om alle potten in te laden. Matti zou al een eind op weg zijn wanneer zijn neef ontdekte dat de duurste vis was verdwenen.

In vergelijking met de felverlichte bijkeuken leek de woonkamer nog somberder dan die al was. Op de televisie speelde een trompettist een schel melodietje dat niet echt bij de pianobegeleiding paste.

Matti had alles tot in de puntjes voorbereid. Dagenlang had hij onderzocht wat de beste temperatuur was om de vis te vervoeren. Hij had geëxperimenteerd met de bedkruik en met de thermosfles waar vader vroeger koffie in zette als hij naar het atelier ging. Proefondervindelijk was hij nagegaan hoe hij het water op temperatuur kon houden. Tot vijf keer toe had hij een kuil in de sneeuw gegraven en er de tas met de vacht en de gevulde kruik in gelegd. En om helemaal zeker te zijn, had hij voor het slapengaan de diepvriezer op de laagste temperatuur gezet en was hij midden in de nacht opgestaan om het experiment nog eens over te doen bij -25 graden.

En toch was er één ding waar hij al urenlang over had zitten te piekeren. Binnen de reeksen van cijfers, maten en volumes, was het een grillige factor waar hij maar geen vat op kreeg. Zou hij vader vertellen wat hij van plan was, of juist niet? En als hij het zou vertellen, moest hij dan ook rekening houden met de reactie die hij kreeg? Wat als vader hem niet wilde laten gaan?

Het trompetdeuntje jengelde door Matti's hoofd. Er was een stuk van vaders boterham omgekeerd op de zitting van de bank terechtgekomen.

'Ik breng Sirius in veiligheid, papa,' fluisterde hij tegen zijn slapende vader, terwijl hij de geitenkaas van de stof probeerde te schrapen. Buiten klonk het geroeze-moes van een dorp in feeststemming. 'Dan kan Jarno hem geen kwaad doen.'

Even leek het of vader wakker zou worden. Dat hij Matti zou aankijken met zijn heldere ogen of zelfs een bemoedigende hand zou uitsteken. Maar vader verroer-de zich niet en de jazztrompettist schetterde verder, de ene ingewikkelde melodie na de andere.

'En je hoeft niet ongerust te zijn,' zei hij meer tegen zichzelf dan tegen zijn vader. 'Ik blijf niet echt lang weg.'

In het halletje trok Matti zijn jas, muts en handschoenen aan. Hij knoopte zijn sjaal hoog rond zijn nek. Buiten was het intussen helemaal donker geworden. Hij klem-de de tas onder zijn arm en stapte, zo snel dat kon zon-der op te vallen, de straat uit. Nu had hij nog maar één doel voor ogen: weg van het huis met de altijd gesloten rolluiken, over de ijsweg naar de stad.

Op het marktplein vielen de feestvierders elkaar uit-gelaten in de armen. Er klonk opgewekte muziek en in een tent werden hapjes geserveerd. De oude Niklas ver-telde sterke verhalen aan iedereen die ze wilde horen. De jongens van zijn school voetbalden met een kleine boei. Ze gleden meer uit dan ze konden trappen. Ook Brand was erbij. Hij gooide zijn doodskopmuts in de lucht en blies op zijn toeter iedere keer als er een goal werd ge-maakt.

Nog één keer keek Matti naar het café waar Jarno straks de wedstrijd zou houden. Er brandde licht in De Windroos en mensen sjouwden met stoelen. Even dacht hij nog dat hij moeder boven de drukte uit hoorde roepen: 'Pruimentaartjes! Warme pruimentaartjes!'

Toen duwde hij zijn broekspijpen diep in de sneeuwlaarzen en liep naar de plek waar de sneeuwruimers aan land waren gegaan.

Niemand zou hem missen.

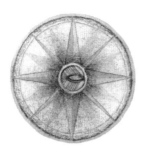

Als ijs barst, voel je eerst je voeten trillen. Diep onder je begint het te rommelen en algauw gaat het trillen over in gedonder. Het ijs vertoont scheurtjes die zich bij iedere stap verder vertakken. Je versnelt je pas om aan het spinnenweb van lijntjes te ontsnappen. Je hoopt dat het barsten zal stoppen door op je tenen te lopen. Zolang je op je tenen rent, ben je veilig. Als je maar hard genoeg je best doet om over het ijs te zweven, kan je niets gebeuren.

Matti stapte zo snel hij kon over de ijsweg, maar met de sneeuwlaarzen van zijn vader wilde zweven niet echt lukken. Niet dat hij bang was dat hij, de tengerste van de klas, zelf te zwaar zou zijn. Maar hij had wel gehoord dat het ijs door het aanhoudende gedaver van vrachtwagens nog uren later kon barsten. Hun gewicht deed de bovenlaag doorbuigen en zorgde voor golfbewegingen in het water eronder. Het ijs kwam onder druk te staan, waardoor het op de dunste plekken kon breken, soms een heel eind verderop.

Het besneeuwde meer lichtte op in het donker. De stad was niet meer dan een glinstering op de andere oever. Matti had zijn zaklamp niet nodig om de weg te vinden. Achter hem hoorde hij vaag de feestmuziek. Hij drukte de tas nog wat vaster tegen zich aan. Twee uur had hij om de vis aan de overkant te krijgen. Daarna werd het water in de bedkruik te koud. Als zijn berekening klopte, tenminste.

Vroeger, toen vader nog gewoon de rolluiken openliet en fluitend aan de ontbijttafel zat, was Matti wel vaker in de stad geweest. Ze gingen er samen met de bestelwagen glasplaten en lood halen. Vader kende er een winkelier die de zuiverste materialen verkocht en het glas zelf kleurde in de tinten die hij nodig had. Nadat vader het glas had ingeladen, reden ze soms naar het aquarium van de universiteit. Het was een grijs gebouw aan de rand van de rivier. Je moest een brede trap opklimmen tot aan de toegangsdeur. Vanbinnen zag het pand er wat ouderwets uit, maar de hal met aquaria was het mooiste dat Matti ooit had gezien.

Zijn vader wist alles over vissen, krabben, zeesterren en anemonen. Bij sommige bakken bleven ze wel een halfuur staan kijken. Discusvissen tussen wortelhout, meervallen en regenboogvissen, karpers met gouden schubben, zeebaarzen en poetslipvissen, pijlstaartroggen en blauwe kreeften, fluorescente haarkwallen en zeekomkommers. Op den duur wisten ze precies in welk aquarium welke dieren leefden, en wanneer er eentje ziek was of ontbrak, merkten ze dat meteen.

Vader was dol op vissen. Hij had moeder overgehaald om in de bijkeuken zijn eigen onderwaterwereld te mogen maken. Grote bakken kon hij er niet kwijt, maar voor potten met Siamese kempvissen was de ruimte prima. Zelf vond Matti het een heel treurig gezicht: al die vissen apart in glazen inmaakpotten in alle vormen en maten. In de grootste kon amper twee liter water. Moeder gebruikte ze wel eens om fruit of groente in te bewaren. Maar een levende vis? Volgens vader was er geen andere keuze: als hij de dieren bij elkaar in één bak zou loslaten, werd het in een mum van tijd een slagveld.

Betta splendens. De oude koning van Siam kweekte honderd jaar geleden al dit soort vissen. En niet alleen omdat ze zo prachtig waren met hun lange staarten en gekartelde vinnen. Hij organiseerde gevechten waarbij twee mannetjes bij elkaar in een kom werden gezet. Ze vochten dan tot de dood.

Wolken schoven dichtopeengepakt voorbij en vloeiden aan de horizon naadloos over in de sneeuwvlakte. Matti had zijn sjaal over zijn neus getrokken en zijn muts tot aan zijn wenkbrauwen. Twee keer gleed hij uit en viel hij op het ijs, maar gelukkig kwam hij niet op de tas met de vis terecht. Winteroever lag een eindje achter hem. De muziek was algauw niet meer dan achtergrondgeruis.

Toen hij acht minuten had gelopen, doemden er twee koplampen op in het donker. Matti klauterde over de opgehoopte sneeuw langs de kant. Hij zakte kniediep weg. Een kleine vrachtauto denderde zijn richting uit. Hij maakte zich zo klein mogelijk, zodat hij voor de lichtstralen verborgen zou blijven. Hij hurkte en boog voorover tot zijn neus bijna de sneeuw raakte. Het voertuig was vlakbij. De bodem daverde.

Matti hield zich schuil tot hij er zeker van was dat het trillen was opgehouden. Hij trok een van zijn wanten uit, maakte de sluiting van de tas open en stak zijn hand erin. De buitenkant van de schapenvacht voelde koud aan. Hij wilde graag met zijn vingers tussen de wol wroeten om te voelen of de kruik nog warm genoeg was. Maar dat mocht niet. Het zou de kempvis nog vlugger laten afkoelen.

Een uil vloog laag over het bevroren meer. Zijn vleugelslagen maakten nauwelijks geluid. Het gebrom van de vrachtwagen verdween in de verte. Op het geknerp en gekriep van Matti's voetstappen na werd alles oorverdovend stil.

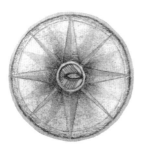

Het was allemaal de schuld van Jarno. Vorige maand was het begonnen. Tot dan had Matti vaders vissen gevoerd en iedere zondag de tientallen potten schoongemaakt. Hij liet de deur van de bijkeuken altijd openstaan als hij met de emmers sjouwde. Het schijnsel van de aquariumlampen reikte dan tot aan de bank. Vaak draaide vader zich om als hij het gerommel met de potten hoorde. Hij kwam overeind en keek zwijgend toe hoe Matti de vissen een voor een vers water gaf.

Soms duwde hij vader de pot met Sirius in handen. De vis zette de vinnen op en het leek of hij voor vader danste. Een oeroude krijgsdans uit Siam. Heel even stond dan de wereld stil.

Sirius was vaders lievelingsvis. Hij had hem van bij een kweker uit Bangkok helemaal laten overvliegen, een tocht van 10 000 kilometer in een piepklein plastic zakje. Volgens vader ging het om een rechtstreekse nazaat van de oude vechtvissen van de Siamese koning. Het was een echt showdier en hij had er behoorlijk wat geld voor moeten betalen, tot groot ongenoegen van moeder. Matti had de naam mogen kiezen: Sirius, de helderste ster die we vanaf de aarde kunnen zien, hoog in het sterrenbeeld Grote Hond. Hij was wat forser en vooral vuriger dan de andere vissen. Hij had een perfecte halve-maanstaart, kronkelende borstvinnen en zijn lijf was als een harnas bedekt met zilveren schubben. Naargelang het licht op hem viel, veranderde hij van kleur. Soms lichtblauw, dan meer lila of paars.

Kort voor hij ziek werd, had vader Sirius afgebeeld in een glas-in-loodraam. Met zijn tong tussen zijn tanden van de inspanning, had hij er wekenlang aan gewerkt om alle details perfect te krijgen. Daarna had hij het in de ronde vensteropening geplaatst aan de achterkant van zijn atelier. Als hij 's avonds laat nog aan het werk was, kon je de kempvis vanaf de heuvels achter het dorp zien oplichten in het donker.

Er ritselde iets achter zijn rug. Matti keek om. Tussen de sneeuwhopen zag hij een schim. Hij durfde zich nauwe-lijks te bewegen. Links en rechts lag de lege vlakte. Hij kon zich nergens verstoppen. Opnieuw was er geluid. Geen geritsel deze keer, maar geschuifel op het ijs. De schim kwam dichterbij. Hij was kleiner dan een mens en leek geen aandacht aan Matti te besteden. Hij schar-relde tussen de sneeuwbergen. Toen pas zag Matti dat het een hond was. Een van die ruwharige beesten die 's winters door de dorpen dwaalden op zoek naar voed-sel. Zolang je hen met rust liet, deden ze niets. De hond bleef staan. Hij jankte opgewonden en graafde in de sneeuw. Matti grabbelde gauw de zaklamp uit zijn tas en richtte de straal op de hond. In zijn bek had hij een dode haas.

Matti wachtte tot de hond richting Winteroever was vertrokken en liep verder. Hij kon Jarno maar niet uit zijn hoofd zetten. Zijn neef ook met die stomme ideeen. Hij had bijna zijn school in de fik gezet, stel je voor! Matti begreep niet dat moeder hem altijd zijn zin gaf. Zo was ze vorige maand met de mededeling gekomen dat Jarno een eigen kamer kreeg in hun huis. Het boterde niet tussen hem en oom Jakob, die maar niet kon verkroppen dat zijn zoon zonder diploma van school was gestuurd. Moeder had met hen gepraat en het leek alle drie beter dat Jarno een tijdje bij hen introk. Hij kreeg te eten en een kamer in ruil voor het klussen.

'Ik ben met weinig tevreden,' had Jarno op een middag gezegd, terwijl hij op vaders stoel op een botje kloof. Matti herinnerde het zich nog haarscherp. Ze zaten met z'n drieën aan tafel en aten rijst met kip. 'In die bijkeuken past precies een bed en een klein kastje voor wat spullen. Meer heb ik echt niet nodig.'

'En het is de enige lege kamer in ons huis,' had moeder gezegd.

'Leeg? Maar de vissen dan?' Het was alles waar Matti aan had kunnen denken. De rijen inmaakpotten en de tikkende vinnen. Het gezoem van de filters en de gulzige bekken als hij hun gedroogde watervlooien gaf.

Moeder had haar wenkbrauwen gefronst en heel diep gezucht.

'Tja,' had Jarno in haar plaats gezegd.

'Je gaat ze toch niet verkopen?'

'Rustig maar, jongen.'

Het was meteen duidelijk: de vissen moesten weg. Al meer dan een jaar had vader er niet meer naar omgekeken. Moeder had geduld gehad, zei ze, véél geduld, maar nu was het op. Bovendien had ze een hekel gekregen aan die veel te kleine potjes, waarin de vissen almaar in rondjes moesten zwemmen. Ze had vader zelfs eens

33

verweten dat hij zo somber werd omdat hij te lang naar die zielige visjes had gestaard. Dat hij zich te veel had ingeleefd in hoe opgesloten zij zich voelden en daardoor zelf in rondjes was gaan draaien.

'Pap vindt het vast vreselijk!' Matti had zijn bestek op het bord laten kletteren. Er kwam een klodder saus op het tafelkleed terecht.

'Papa vindt niet zoveel meer.' Moeder sprak op die akelige fluistertoon waarmee ze ook over dokters en medicijnen praatte. 'Maar...'

'Het zal hem nog zieker maken!'

'...ik heb het er wél met hem over gehad. En hij is helemaal akkoord.'

Matti geloofde er niets van. Ze had al vaker beslissingen genomen met vaders 'stilzwijgende goedkeuring'.

Naast haar zat Jarno driftig ja te knikken.

'De vissen interesseren hem niet meer,' zei moeder.

'Maar waarom niet?' had Matti gezegd, ook al had dit gesprek geen zin en hadden moeder en Jarno alles al achter zijn rug met elkaar bedisseld.

'Als ik dat eens wist,' zuchtte moeder. 'Ik heb zoveel geprobeerd, maar als hij het zelf niet wil, weet ik het ook niet meer.'

Daarop was Jarno opgestaan en met het botje nog tussen zijn kiezen naar de bijkeuken gesloft. Enkele tellen was hij daar blijven staan kijken naar de vissen. Matti kon hem horen smakken tot aan de keukentafel.

'Ik zorg toch voor ze? Mag ik ze dan op mijn kamer?'

'Geen sprake van!' Moeders ogen waren donker geworden. 'Jij hebt wel andere dingen te doen. Schoolwerk, bijvoorbeeld. Veel komt daar de laatste maanden niet meer van terecht. Of wil je net zo eindigen als je neef misschien?'

In de bijkeuken hoestte Jarno heftig. Het botje floepte uit zijn mond.

Moeder sloot haar ogen.

'Sorry,' zei ze. En ook: 'Je vader heeft dit jaar niet één glasraam verkocht, wist je dat? En ondertussen moeten we elektriciteit betalen, verwarming, verzekeringen... Ons geld is op. Als we Jarno niet hadden om ons te helpen...'

Daarop was Jarno weer de kamer binnen gekomen.

'Het zijn vechtvissen, hè,' had hij droogweg gezegd, alsof hij niet aan de deur had staan luisteren. 'Mooi hoor!' Daarna had zijn bord nog eens vol met rijst geschept.

Matti kon hem wel wurgen.

'Weet je,' had moeder daarop gezegd. 'Als je flink bent en de vissen zijn weg, krijg jij van mij een poes. Je hebt er geen werk aan en dat wilde je vroeger ook al zo graag.'

Matti beet op zijn lip. Vroeger, ja, toen hij zes was. Maar wat moest hij nu met een poes? Katten vreten vissen en als je je rug keert, krabben ze het behang kapot.

'Maar...' zei hij.

'Afgesproken?'

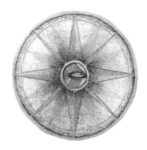

Enkele dagen nadat moeder de verbouwing van de bijkeuken had aangekondigd, was Jarno met een, naar eigen zeggen, schitterende oplossing gekomen.

'Een jachthond moet kunnen jagen,' had hij gezegd. 'Anders is zo'n beest ongelukkig.'

'We hebben geen hond,' zei Matti.

'Een springpaard moet kunnen springen en een zangkanarie wordt krankzinnig als hij niet mag fluiten.'

'En wat dan nog?'

'De bijkeuken zit vol vechtvissen.' Hij roffelde met zijn vingertoppen op het tafelblad. Zoals altijd had hij zwarte nagelranden.

'Kempvissen. *Betta splendens.*'

'Geloof je echt dat ze dat leuk vinden? Allemaal apart in zo'n potje.'

'Ik weet niet of ze dat...' Matti aarzelde. Allicht vonden vissen het vreselijk om alleen in zo'n petieterige pot te zitten. 'Het kan niet anders,' zei hij.

'Zo klink je net als papa,' zei moeder. 'Alles kan anders.'

'En ik weet hoe!' Jarno was vlak achter de stoel van Matti gaan staan. Hij had een hand op zijn schouder gelegd om hem als een klein kind te sussen.

'Ik wil het niet horen!'

'Een vechtvis moet vechten. Dat is zijn natuur.' Jarno had zijn stem wat verlaagd om ernstig te klinken.

'Zie je wel,' had moeder gezegd. 'Jarno is een slimme jongen. Hij weet wat goed is voor de vissen.'

'Hij is knettergek!'

Jarno klopte hem triomfantelijk op de schouder en liet zijn hoofd tot vlak naast Matti's oor zakken. 'We organiseren een wedstrijd. Een heuse vissenkamp. Op de koudste dag van het jaar nodigen we iedereen uit in café De Windroos. En de mensen mogen geld inzetten op de vechtvis die volgens hen zal winnen. Die ene paarse van het atelierraam wordt de blikvanger van de avond. Dat is een echte kampioen, dat zie je zo.' Hij knipoogde naar moeder, die de tafel afruimde.

Jarno had al een heel plan bedacht. Hij had twee grote slakommen gevonden die hij als arena wilde gebruiken. De sterkste vissen van iedere wedstrijd zouden tegen elkaar vechten. Tot er uiteindelijk maar één vis overbleef.

'En iedereen die op de verkeerde vis heeft gegokt, is zijn geld kwijt. We verdelen de buit, neefje. Jij krijgt extra zakgeld en ik kan weer benzine kopen. Er komt vast veel volk kijken. Tante zal er een heleboel pruimentaartjes kunnen verkopen.'

'Mama, je moet hem tegenhouden!' gilde Matti.

'Je hoeft je niet zo op te winden,' zei ze. 'Hij plaagt je alleen een beetje.'

Jarno keek haar op een vreemde manier aan, alsof hij haar zelf niet geloofde.

'Schijngevechten,' zei ze. 'Dan zijn ze op hun mooist. Ze cirkelen wat rond elkaar en zetten hun vinnen op, meer niet. De vis die het meeste indruk weet te maken, wint. Maar Jarno heeft beloofd dat hij ze op tijd weer uit de kom haalt, niet?'

'Ja,' zei Jarno. 'Zo is het: alleen maar schijngevechten. Je dacht toch niet dat ik ze elkaar écht zou laten uitmoorden, hè, Spits?'

'En na de wedstrijd kunnen de mensen kiezen welke vis ze willen kopen,' zei moeder.

'Vind je het geen fan-tas-tisch plan?' riep Jarno. 'Tweemaal kassa: eerst gokken ze op welke vis ze denken dat de sterkste is. En daarna pas verkopen we ze.'

Als er dan nog vissen in leven zijn, dacht Matti. Betta's houden geen schijngevechten, ze slaan meteen toe en strijden tot de dood.

'Jullie krijgen elk een deel van de winst.' Moeders stem was vastberaden.

'En een kat,' schaterde Jarno.

Twee tellen bleef Matti voor zich uit staren. Toen had hij bruusk zijn stoel naar achteren geschoven, Jarno opzijgeduwd en was hij naar de bank voor het raam gehold. Zonder wat te zeggen was hij over vader heen gekropen en dicht tegen diens buik gaan liggen. Vader mocht dan weinig spraakzaam zijn geworden, hij was niet dood. En zolang hij niet dood was, zou Matti voor de vissen zorgen. Matti voelde vaders adem warm in zijn nek. Hij zou wel kunnen huilen, maar maakte geen geluid.

'Rustig jongen,' fluisterde zijn vader opeens, zodat enkel Matti hem kon verstaan.

'Je vissen, papa.'

Aan de keukentafel prevelde Jarno wat tegen moeder. Matti kromp in elkaar. Hij kon zich niet voorstellen dat ook Sirius straks in de arena zou worden gegooid.

'Je moet hen tegenhouden. Jarno wil de vissen echt laten vechten, ik ben er zeker van.'

'Doe wat mama zegt. Ze heeft het al moeilijk genoeg zo. En ze kan het geld goed gebruiken.' Drie hele zinnen na elkaar. Meer dan hij in maanden had gesproken.

'Maar ik zorg toch voor de vissen!' Matti keek vader aan. Hij zag er mager uit en hij had zich al dagen niet meer geschoren.

'Het spijt me.' Vaders vinger schuurde als een droog takje over Matti's wang.

'Jij geeft misschien nergens meer om, maar ik wel! Van Sirius blijft Jarno af. Dat is onze lievelingsvis, dat hebben we samen zo beslist, en dat zal hij altijd blijven!'

Daarop was Matti naar de bijkeuken gerend en had de deur met een klap achter zich dichtgegooid. De potten rammelden op het rek.

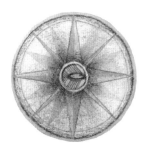

Een volgende vrachtwagen kwam aangereden. In het licht van de schijnwerpers kreeg het ijs een vuile gloed. Op de voorkant van de trekker schitterden blauwe lichtjes. Boven de voorruit flikkerde een neonreclame voor frisdrank. Het ijs trilde. Matti klauterde de dikke sneeuwrand over en rolde zich op zijn zij. De truck naderde snel. Hij hield de tas met beide handen vast. Het meer leek op en neer te golven. Op de zijkant van de oplegger pronkte een lachende vrouw onder een palmboom. Ze hield een flesje fruitlimonade aan haar lippen. Even verlichtte ze de nacht met haar paradijselijke glimlach.

Achter de truck volgde een wolk van stuifsneeuw. Het trillen hield nog een paar seconden aan. Misschien was dat wel de vrachtwagen van Harald, dacht Matti. Vorig jaar na het lossen van zijn vracht had die boomlange trucker moeder opgezocht bij haar taartjes. Hij had haar van alles in het oor gefluisterd waar ze van ging blozen. En ze hadden gedanst tot moeders voeten er pijn van deden. Misschien zou Harald straks met haar naar het vissengevecht kijken en gingen ze daarna weer dansen. Gelukkig merkte vader er niets van, daar achter het rolluik op zijn bank.

Het was negentien minuten voor zeven. Jarno was nu vast druk bezig om de glazen potten in de bestelwagen te laden en ze naar het café te brengen. Daar wilde hij ze in één lange rij op de toonbank plaatsen, zodat iedereen de vissen goed kon bekijken. Soms was de sierlijkste de agressiefste van allemaal, had vader ooit gezegd. Jarno zou de kas bijhouden en noteren wie hoeveel geld op welke vis inzette, dat hoorde zo bij een echte vissenkamp. Hij zou woest zijn als hij merkte dat de mooiste en duurste vis weg was. Hij wist maar al te goed dat vader er een hoop geld voor had neergeteld. Sirius zou Jarno's kassa pas echt doen rinkelen.

Waar de vrachtwagen was gepasseerd lag het ijs in brokken op de weg. Matti schopte zo hard hij kon tegen een puntig stuk. Hij hoopte dat het in Jarno's kassa zou ploffen, of beter nog: dat het op zijn hoofd terechtkwam, zodat zijn neef de rest van de avond bewusteloos op de grond lag.

Heel in de verte, rechts van de ijsweg waar het meer aan een bos grensde, waagden zwarte stipjes zich op het ijs. Het waren herten op zoek naar eten. Ze trippelden de vlakte op, ook al zouden ze er niets vinden.

Matti neuriede zachtjes op het ritme van zijn voetstappen. Dat deed hij altijd als hij bang was, maar er niet aan toe wilde geven. Als moeder hem 's avonds vroeg om hout te halen in het schuurtje achter in de tuin, bijvoorbeeld. Of als hij midden in de nacht wakker schrok van hagelbuien tegen het raam of een steenmarter op het dak.

'Summertime' van George Gershwin. Honderden keren had hij het zijn vader na horen zingen. Soms heel stilletjes op de rand van Matti's bed, dan weer luidkeels om de kraaien uit de tuin te jagen. Vader had zijn eigen vertaling van de Engelse tekst gemaakt:

't Is zomertijd
en het leven is simpel.
Vissen springen op
en we hebben het fijn.

Zelfs nu hij ziek was, stamelde hij de strofen als een mantra. Als hij de woorden maar vaak genoeg herhaalde, zou hij er weer in kunnen geloven.

Matti's wangen gloeiden van de kou en hij wreef met zijn duim de ijskristallen uit zijn wimpers. Hij hoopte dat zijn vader weer een beetje blij zou worden, als hij hoorde dat hij Sirius uit Jarno's klauwen had gered. En dat zijn lievelingsvis een fijnere plek kreeg dan een zielige inmaakpot op een plank.

Maar hij wist dat het niet zo eenvoudig was. Vader werd van niets meer blij. Verjaardagen of kerstfeest, een goed rapport op school of een zelfgeschreven verhaal raakten hem nauwelijks nog. Alsof er een laagje olie op hem zat waar alle woorden als druppels op bleven liggen, om meteen weer van hem af te glijden.

Misschien zou papa wel weer kunnen glimlachen, dacht Matti. Al duurde die glimlach maar één tel, dan was de overtocht de moeite waard geweest.

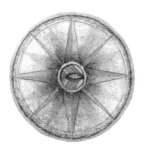

Het sneeuwde op de plek waar hij de herten had gezien. De dieren werden uit het landschap gewist. Matti hield van sneeuw. Van het ruisen van de vlokken. Van hoe ze opwaaiden en alles toedekten wat lelijk of mistroostig was. Hij kon urenlang met open mond naar de hemel turen, hapte de kristallen uit de lucht, liet ze smelten op zijn tong. Maar vandaag kon hij sneeuw missen als de pest.

Het duurde niet lang of ook op de ijsweg vielen de eerste vlokken. Het was een dun gordijn dat wapperde in de wind. Als Matti goed luisterde, kon hij het geronk van een motor horen. En er klonk geroep. Het ijs bewoog nauwelijks, dus het kon geen vrachtwagen zijn. Het gebrom werd harder en ging over in het gesnerp van doldraaiende banden. Matti vertraagde. Hij hield een hand boven zijn ogen. Zestig tellen later zag hij een flauw schijnsel van lampen. Hij haastte zich naar de kant en hurkte achter de berg sneeuw.

'Drika!' riep een overslaande vrouwenstem.

Matti kon nog net over de sneeuwhoop kijken en zag hoe een auto over de ijsweg slingerde. Het was een groene familieauto van een oud model met een fietsendrager achterop.

'Fredriiikaaa!'

Uit het passagiersruitje stak het hoofd van een vrouw met een skibril. Ze droeg een opvallende oranje muts met een pinguïnmotiefje. Naast haar zat een man diep over het stuur gebogen. De ruitenwissers bewogen driftig. Hij had de grootste moeite om door de voorruit te kijken. De vrouw veegde met haar handschoen de sneeuw van haar bril, terwijl ze luidkeels bleef roepen.

'Fredrika, waar ben je?'

De bestuurder trapte op de rem. De auto schoof een heel eind verder en botste bijna tegen de kant. Alleen waaghalzen reden in dit weer met een gewone auto op de ijsweg.

'Drihiiiikaaaaaa!'

Heel even wilde Matti overeind springen en de auto achternalopen. Hij zou zich vastklampen aan de fietsendrager en wild met de armen zwaaien.

'Komen jullie uit de stad?' zou hij vragen als de auto tot stilstand kwam. 'Mag ik met jullie mee?'

En dan zou de vrouw uit de auto stappen, haar skibril afzetten en het portier voor hem openen. Ze zou Matti een dekentje geven en een slok uit een thermoskan met hete chocolademelk. En ze zou vragen stellen. Een jongen alleen op de ijsweg, dat vond ze vast heel bijzonder. Misschien zelfs een tikje zielig. Ze zou alles willen horen waar hij de voorbije weken aan had gedacht, maar met niemand over had durven praten.

Het ijs knarste onder de wielen. De vrouw trok haar hoofd in en deed het raampje dicht. De auto loste langzaam op in de nacht. Het rood van de achterlichten vervaagde tot een bleek roze. Het geroep gonsde nog een tijd lang na in Matti's hoofd.

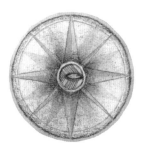

Had hij er in zijn berekening wel voldoende rekening mee gehouden dat het zou gaan sneeuwen? Hij had twee uur om de 6,7 kilometer over het meer af te leggen. Dat was een gemiddelde snelheid van 3,35 kilometer per uur. Maar kwam hij wel zo snel vooruit met zijn te ruime laarzen? Matti keek op zijn horloge. Zeven uur twaalf. Hij was nog niet halverwege en hij was al een uur op weg. Aan dit tempo kwam hij minstens twintig minuten te laat!

Hij begon afwisselend vijftig passen te rennen en te stappen. De cijfers dansten voor zijn ogen. Na twee uur zakte de temperatuur van het water in de kruik tot 15 graden. Met twintig minuten erbij was dat nog hooguit 12,5 graden. Of misschien nog minder. In Thailand werd het nooit kouder dan 15 graden, had zijn vader gezegd. Of in elk geval niet in de modderige rijstvelden waar de kempvissen woonden. Hij stopte en zette puffend zijn handen op zijn knieën. Zijn lippen barstten bijna van de kou.

Op dat ogenblik hoorde hij iemand hoesten. Hij keek achterom, naar links en naar rechts, maar zag niemand. Misschien was het nog zo'n hond, dacht hij. Hij trok de oorkleppen van zijn muts omhoog om beter te kunnen horen. De ijswind beet in zijn gezicht.

Hij had het zich vast ingebeeld. Op de avond van het feest kwam er niemand op de ijsweg. De stilte maakte hem gek. Hij hoorde dingen die er niet echt waren, omdat hij tijdens het rennen te veel zuurstof inademde. Jarno had eens verteld dat hardlopers waanbeelden krijgen als ze te lang in de winterkou spurten. En dat bergbeklimmers soms gaan ijlen van inspanning vlak voor ze de top bereiken. Ze verbeelden zich dan dat ze kunnen vliegen, laten de rotswand los en storten de diepte in. Daar had Jarno om moeten gieren.

Opnieuw klonk er gehoest. En het was geen hond. Het geluid kwam van achter de hopen sneeuw langs de weg. Iemand hield hem in de gaten. Matti wilde wegrennen, maar het was al te laat. Als er daar in de duisternis echt iemand naar hem zat te kijken, kon hij geen kant op.

'Is daar iemand?' vroeg hij, terwijl hij zenuwachtig met zijn wanten over zijn benen wreef. Eigenlijk wilde hij helemaal geen antwoord. Hij had al genoeg tijd verloren.

'Hallo?'

Een kuch.

'Wie is dat?'

Matti haalde zijn zaklantaarn uit de tas en ging traag in de richting vanwaar het geluid kwam. Nu zag hij duidelijke voetsporen. Het was een kleine schoenmaat. Ze kwamen uit de stad en liepen dood tegen de sneeuwrand. Daar vond hij grotere afdrukken, van een knie of arm misschien. En rondom de sporen zaten er kleine putjes.

Matti wachtte even en klom over de opgehoopte sneeuw. Hij richtte de straal van de zaklamp op de grond. Wat verderop zag hij het silhouet van iemand die gehurkt zat. Hij kwam nog enkele passen dichterbij. In het schijnsel zat een meisje. Ze droeg een duifblauwe pooljas met een grote kap en een nepbonten kraagje. Ze leek een jaar of elf, twaalf misschien, net als hij. Bij iedere stap die hij zette, kromp ze in elkaar.

'Wat doe je hier?' Matti stond nu vlak voor haar.

'Ik zit in de sneeuw,' zei ze.

'Ben je verdwaald?'

'Dat zijn mijn zaken.'

Matti richtte de zaklamp op haar gezicht. Op haar wangen waren adertjes gesprongen door de kou. Onder de kap van haar jas droeg ze pluizige oorbeschermers, waar kortgeknipte haren onderuit staken. Haar opvallende bril was veel te plomp voor haar gezicht. Er groeiden ijsbloemen op de dikke glazen.

'Ben jij Drika?'

Het meisje draaide haar hoofd zijn kant uit. Ze leek dwars door hem heen te kijken.

Matti knipte de zaklantaarn weer uit. Het donker zakte neer in de sneeuw. Het liefste zou hij gewoon 'dag' zeggen en verderhollen, de ijsweg op. Hij trok zijn tas recht. Toen liet hij zich naast het meisje op de hurken zakken. In haar hand hield ze een lange stok.

'Was dat je moeder in die auto?' vroeg hij.

Drika knikte.

'Ze leek nogal overstuur.'

'Mama is altijd overstuur,' zei het meisje. Haar stem kon ieder moment in stukken vallen.

'Waar ga je naartoe?'

47

'De overkant.'

'Díe overkant?'

'Daarheen,' zei Drika. Ze stak haar vinger in de lucht en wees naar het midden van de vlakte.

'Die kant op?'

Matti zag alleen leegte, een gigantische strook niets die aan de horizon botste op een bos.

'Of daar.' Haar vinger bleef haperen in de richting van de oude steengroeve. Matti wist wel dat die daar was, maar dat kon je vanwaar ze zaten niet zien.

'Bedoel je naar Winteroever?' Hij gaf Drika's arm een klein duwtje zodat die het verlengde van de ijsweg volgde. 'Zo dus.'

'Hou op!' Met een tik van haar stok sloeg Drika hem van zich af. Ze raakte Matti hard tegen zijn schouder. De tas smakte op de grond.

'Ben je helemaal gek geworden?' gilde hij. Had hij geen twee truien over elkaar aangehad, dan had ze hem een gemene blauwe plek bezorgd.

'Ik kan het zelf,' riep Drika, de stok nog steeds in de aanslag. 'En laat me nu met rust.'

'Ho maar, ik probeer je alleen te helpen.' Matti grabbelde de tas uit de sneeuw en drukte die tegen zich aan. Sirius was helemaal door elkaar geschud.

Drika trok de kap over haar gezicht.

'Ik hoef heus niet geholpen te worden,' siste ze. 'Ga weg!'

Maar Matti ging niet weg. Hij kon het niet. Hij keek van zijn horloge naar het meisje en terug. Had ze normaal tegen hem gedaan, dan had hij haar hier misschien kunnen achterlaten. Maar ze deed helemaal niet normaal.

Ze wees de verkeerde kant op en had hem met haar stok geslagen!

Opnieuw knipte Matti de lamp aan. Drika prikte boos met haar stok in de sneeuw.

'Kom,' zei hij. 'Je kunt hier zo niet blijven zitten. Straks vries je dood.'

'En wat dan nog?' Haar lippen waren blauw als de huid van een vinvis.

Matti dacht aan Sirius. Die zat ook in een ijsblok als hij nog langer treuzelde.

'Ik help je tot aan de ijsweg,' zei hij. 'Daarna laat ik je met rust.'

Drika krabbelde overeind. Haar ogen leken dof in het licht van zijn lamp. Matti stak zijn hand uit om haar over de sneeuwberg te helpen. Ze reageerde niet.

'Hier,' zei hij. 'Pak mijn arm.'

Drika liet haar stok zakken en maakte korte zigzagbewegingen in de sneeuw. Het leek het spoor van een krab.

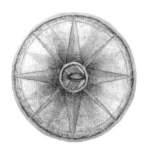

'Schijn eens op je gezicht,' zei het meisje, nadat Matti haar over de sneeuwhoop had geholpen. Hij klemde zijn elleboog om haar arm. Met de andere hand hield hij de zaklantaarn vlak onder zijn kin. Dat had hij vroeger vaak gedaan om vader te laten schrikken, als die 's avonds aan het werk was in zijn atelier. De schaduwen van zijn scherpe neus en jukbeenderen maakten van hem een buitenaards wezen.

'Waarom vraag je dat?' vroeg hij.

'Zomaar,' zei Drika. Achter haar brillenglazen sperde ze haar ogen open.

'Wat zie je?'

'Een vlek.'

'Vind je me niet eng zo?'

'Hoe heet je?'

'Matti,' zei hij. Zij hoefde niet te weten dat het hele dorp hem Spits noemde.

Ze stonden in het midden van de ijsweg. De bandensporen van de auto van Drika's ouders slingerden eroverheen.

'Hoe ben je in je eentje hier terechtgekomen?' vroeg hij.

'Te voet,' zei Drika. 'Net als jij.' Ze trok haar arm los

en stapte met de stok voor zich uit tot aan de rand van de ijsweg. Ze tikte tegen de opgehoopte sneeuw, draaide zich een halve slag en liep behoedzaam verder.

Ze ziet niets, dacht Matti. Of bijna niets. En ze gaat de verkeerde kant uit. Daarnet wilde ze naar Winteroever en nu loopt ze in de richting van de stad.

'Ben je zo geboren?' vroeg hij.

'Zo?'

'Blind.'

'Ik ben niet blind!'

'Je hebt een stok.'

'Ik zie licht en donker. Als je een bril draagt, ben je niet blind. Anders had die bril geen zin.'

'En nu?' vroeg Matti. Hij had de lamp weer uitge-knipt. 'Wat zie je nu?'

'Grijs,' mompelde Drika. 'Als het sneeuwt in het don-ker is alles één grijs waas.'

Matti sjokte zwijgend achter Drika aan. Hij wist niet of hij haar moest tegenhouden, of haar verder de verkeerde kant op zou laten gaan. Eigenlijk kwam het hem best goed uit dat ze naar de stad liep, want een slechtziend meisje alleen in deze kou achterlaten durfde hij niet.

Ach, tegen de tijd dat ze het zelf merkte, waren ze aan de overkant, dacht hij. Of misschien hadden haar ou-ders haar dan al wel gevonden. Ze zouden hem uitvoerig bedanken en alsnog een mok chocolademelk aanbieden. Hij had tenslotte hun dochter gered!

'Nee,' zei Drika plots.

'Wat bedoel je met nee?'

'Dat ik zo niet ben geboren. Dat wilde je toch weten?'

'Ja,' zei Matti. 'Maar als je het er niet over wil hebben...'

'Ik was acht en op vakantie in dat dorp aan de overkant. Er was een heuvel met een weiland en een bos wat verderop.'

'De Bramenheuvel,' zei Matti.

'Ja!' glunderde Drika. 'Ken je die plek? Er groeiden korenbloemen en wilde orchideeën. Het wemelde er van de kraanvogels en er graasde een kudde geiten met bellen rond hun nek.'

'De geiten van Jukka!'

Drika leek haast vrolijk te worden als ze over de Bramenheuvel sprak. Ze kampeerde er met haar ouders in een tent. Ze maakte er grote waterverfschilderijen en haar moeder speelde klarinet.

'Ik wil er nog één keer naartoe,' zei Drika. In één wang had ze een kuiltje als ze glimlachte. 'Het is mijn mooiste herinnering aan toen ik alles nog écht kon zien.'

Matti versnelde zijn pas. Ze mocht niet naar de Bramenheuvel gaan, dacht hij. De bloemenweide was in de herfst volledig afgegraven door bulldozers. Op die plek lag nu het parkeerterrein van een vakantiepark met bungalows en een overdekt zwembad.

'Het is winter,' zei hij.

'Ik wil de plek horen,' zei Drika. 'Het wuiven van de bomen. Het meer in de verte.'

Matti dacht aan het geronk van motoren op het parkeerterrein, het klikken van de slagboom, het geklets en gemopper van toeristen bij de infobalie.

'De geiten staan nu op stal,' zei hij. 'Als je hun gemekker erbij wil hebben, moet je echt een andere keer gaan. En waarom doe je zoiets niet met je ouders?'

'Ze willen er niets meer over horen.'

'En dus ben je weggelopen.'

'Kijk naar jezelf,' antwoordde Drika.

'Ik ben niet weggelopen.'

'O nee?'

Matti nam nog meer voorsprong. Drika was gestoord dat ze zich alleen op het ijs waagde. Met die sneeuw zag ze geen hand voor ogen. En als ze verdwaalde, kwam ze om van honger en kou.

'Zeg stoere!' riep Drika van achter zijn rug. 'Kun je een geheim bewaren?'

'Een geheim?'

'Of wil je niet meer weten waarom ik zo slecht zie?'

Drika sperde haar ogen wijd open. Nog iets wijder en ze sprongen uit hun kassen.

'Ik weet niet of...' zei hij. 'Je was op vakantie bij de Bramenheuvel, dat heb je al gezegd.'

'Van vakantie ga je niet slechter zien, sufkop.'

'Wel als je te lang in zon kijkt.'

'Het was nacht en ik had honger.'

'Had je niets te eten bij je?'

'Nee,' zei Drika. 'Ik ging braambessen plukken in het bos.'

Matti wist wat ze bedoelde. Tussen de berken rijpten in de zomer massa's gitzwarte bessen. Het was een jungle van heerlijke vruchten en messcherpe stekels.

'Je mag 's nachts niet het bos in,' zei hij. 'Dat weet iedereen.'

'Mama had het me verboden, maar ik kon niet slapen en ging toch. Ik raakte verstrikt in de bramentakken. En de stekels prikten mijn ogen stuk.'

Matti rilde. Hij kon ze in zijn eigen gezicht voelen priemen.

'Net zoals de prins van Raponsje,' zei Drika nog. 'Die viel uit de toren in de doornstruiken en werd blind.'

'En nu?' zei Matti, terwijl hij de weg rechtdoor bleef volgen. Hij had Raponsje altijd al een vreselijk sprookje gevonden.

'Ik wacht tot iemand mijn ogen weer openhuilt.'

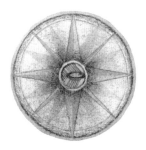

Matti deed zijn ogen dicht. Het leek hem gruwelijk om bijna blind te zijn. Het werd aardedonker in zijn hoofd. Hij probeerde de geluiden te herkennen. Het kraken van twee paar voeten op de verse sneeuw, dat was niet moeilijk. Drika's snelle ademhaling en de zijne. Het geritsel met de stok. Maar hij hoorde ook andere dingen die hem nog niet eerder waren opgevallen. Een zacht gezoem. De auto van haar ouders? Een fabriek in de stad misschien? Of de vrachtwagens in Winteroever, waarvan de motoren bleven draaien tijdens het lossen van de goederen? Iets wat op geflapper leek, ver weg boven het bos. Geknisper. Drika die haar keel schraapte. Daarop botste hij pardoes tegen de sneeuwkant aan, verloor zijn evenwicht en knalde op de grond.

'Gaat het?' Drika's stok zigzagde als een leiband zonder hondje voor haar uit.

Matti deed zijn best om naast het meisje te blijven lopen, ook al had ze een erg onregelmatig ritme. Haar voeten bleven voortdurend haperen.

'En jij?' vroeg ze. 'Wat doe jij hier?'

Matti twijfelde even of hij het haar kon vertellen. Hij klopte met zijn want op de tas.

55

'Wat heb je daar?' vroeg Drika.

'Een vis.'

'Lekker! Gerookt of gezouten?'

'Hij heet Sirius en hij leeft.'

'Grapjas. Haring, paling of kabeljauw?'

'Nee, echt. Ik moet hem redden.'

'Bij min twintig? Je hebt diepvriesvis in je tas.'

'Het is een Siamese kempvis. Mijn neef wil hem vermoorden. Vanavond heeft hij een gevecht georganiseerd in Winteroever. Als je twee kempvissen bij elkaar zet, maken ze elkaar kapot.'

'Wat erg!' zei Drika.

'Het is de vis van mijn vader.'

'En wat zegt die ervan?'

'Niets.'

'Niets?'

Een jaar is een lange tijd om nooit meer dan drie zinnen tegelijk van je vader te horen. Maar dat hoefde Drika niet te weten.

'Ik breng hem naar het aquarium van de universiteit,' zei hij. 'Daar is hij veilig.'

Plots bleef Drika stilstaan. Ze trok de kap van haar hoofd en tilde de oorbeschermers op. Een pak sneeuw schoof over haar schouders en dan verder op haar rug. Het geluid van brandweersirenes waaide hun kant uit.

'Wat is dat?' vroeg ze.

'Misschien is er iets gebeurd,' zei Matti.

'Is er een kazerne in jouw dorp?' Ze ging pal voor hem staan, de stok in de aanslag. 'Zeg niet dat je me voor de gek hebt gehouden!'

Matti balde zijn vuisten.

'Ik weet niet wat je bedoelt.'

'Het aquarium is in de stad. En Winteroever is daar.' Nu wees ze wel in de juiste richting. 'Je hebt tegen me gelogen!' De adertjes op Drika's wangen stonden op springen.

'Ik heb helemaal niet gelogen!' riep Matti. 'Je bent zelf de verkeerde kant op gelopen en ik ben bij jou gebleven. Je hebt me niets gevraagd.'

'Maar je wist het wel. Dat is hetzelfde.'

'O, is dat zo? Ik weet wel meer dingen die ik niet zeg, hoor. Dat je geschift bent dat je je voor je ouders verstopt, bijvoorbeeld. Ze zijn doodongerust.'

Drika wachtte niet tot hij was uitgesproken en liep terug richting Winteroever.

'Wie is er hier geschift? Ik of jij met die idiote vis?' riep ze.

Matti schrok ervan hoe rap ze vooruitkwam. Het uiteinde van de stok ratelde langs de sneeuwrand. Haar laarzen volgden één rechte lijn. Hij had geen zin om haar nog eens achterna te gaan. Als haar iets overkwam, had ze er zelf om gevraagd, toch? Het leek wel of ze voorgoed op het ijs wilde verdwijnen.

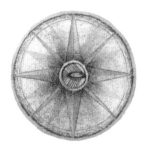

Het begon als het geronk van een tandartsboortje. Matti had nog even staan kijken hoe Drika opging in het sneeuwlandschap en was daarna verdergelopen. Vijftig tellen hardlopen, dan weer stappen. Het geronk werd almaar luider. Hij stopte en trok zijn kousen laagje per laagje op, zodat de sneeuwlaarzen beter aan zijn voeten bleven zitten. Toen snelde hij in volle vaart richting de stad. Het geluid ging over in een snerpend geratel. Alsof de tandarts hem met een drilboor te lijf zou gaan.

Matti herkende Jarno's brommer van kilometers ver. 's Ochtends in zijn kamertje kon hij hem al horen, nog voor Jarno bij de Bramenheuvel was. De buren van twee huizen verderop sloegen steevast de klapvensters dicht als hij door de steegjes knetterde. Moeder had hem wat geld toegestopt om de uitlaat van de brommer te laten repareren. Wist zij veel dat het net Jarno's bedoeling was dat de teckel van de buren zich een beroerte jankte.

Jarno kwam hem achterna, stel je voor! Met dat knullige brommertje over de ijsweg! Zijn neef was een opschepper, maar dat hij dit durfde, had Matti niet verwacht. Het geratel kwam dichterbij. Als Jarno echt boos werd, kon je maar beter uit zijn buurt blijven. Matti nam een aanloop en dook over de sneeuwkant. Hij hield de tas met Sirius onder zijn jas verborgen. De brommer scheurde de nacht aan flarden. Zelfs het gedreun van de vrachtauto's was er niets tegen.

Er klonk een heftig getoeter en dan de gil van een meisje. Het aanhoudende gesnerp stopte. De motor werd uitgezet. Jarno vloekte. Hij was op jacht naar Matti, maar hij had Drika gevonden.

De sneeuw ruiste weer als tevoren. Matti stelde zich voor hoe Jarno de brommer op zijn standaard hees. Hij zette de klep van de helm omhoog. Misschien was hij tegen Drika aan geknald. Misschien was ze wel gewond. Maar als Matti haar nu ging helpen, kreeg Jarno hem zeker te pakken.

Hij hoorde Drika jammeren. De stem van Jarno. Hij was te ver om te verstaan wat ze zeiden. Matti haalde opgelucht adem. Drika was in ieder geval niet dood.

Zijn neef bromde nog wat. Drika sprak heel stilletjes. Matti kreeg het warm en ijskoud tegelijk.

Ze zou hem verraden.

Het duurde maar een paar minuten, maar er leek geen einde aan te komen. Flarden van gedachten flitsten door Matti's hoofd: het is voorbij, het is niet voorbij, ik ga naar hen toe, ik blijf liggen, ik moet Drika redden, als ik nu opsta is Sirius voorgoed verloren. En ook: misschien is Jarno toch niet zo'n bruut als hij lijkt en brengt hij Drika wel naar huis. In dat geval ben ik van allebei tegelijk verlost.

Maar Jarno bracht Drika niet naar huis. Hij trapte het brommertje weer aan en liet de motor loeien. Toen slipte hij verder de ijsweg op, in de richting vanwaar Matti lag. Matti hield zich stil, met de armen stijf tegen zijn lichaam geklemd en de vis op zijn buik.

Jarno was nu vlakbij. Matti hield zijn adem in. De drilboor ranselde zijn trommelvliezen. Rillingen schoten vanuit zijn tenen over zijn rug. Jarno was minder dan tien meter van hem verwijderd, met alleen de strook opgehoopte sneeuw tussen hen in. Als hij oplette zou hij de voetafdrukken zien waar Matti in de kant was gesprongen.

Nog dertig tellen. Het lawaai van de brommer nam weer in volume af. Matti kwam overeind. Hij sloeg de sneeuw van zijn kleren en het gesnerp uit zijn oren. Jarno was uit het zicht verdwenen. Toen stormde hij naar Drika.

Ze lag als een kapotgevroren bloem op het ijs. Haar knieën drukte ze tegen haar borst. Matti wist dat Jarno een harteloze knul was, maar dat hij Drika hier zo achterliet, sloeg werkelijk alles. Jarno had een brommer! Ze zouden binnen een kwartier in het dorp zijn. Ze had verzorging en warmte nodig. Haar ouders zouden haar wat graag komen halen.

'Heeft hij je omvergereden?'

Even leek het of Drika weigerde om nog een woord tegen hem te zeggen. Tenslotte was hij de leugenaar die haar de verkeerde kant op had laten gaan.

'Ik kan het niet,' fluisterde ze.

'Wat kan je niet?'

'Alleen oversteken. Ik ben gestruikeld en ik weet niet eens waarover.'

Midden op de ijsweg zag Matti een stuk ijs liggen, dat niet groter was dan een baksteen.

'Dus het was niet de brommer?'

'Ik wilde me verstoppen, maar ik gleed uit.'

'Hij toeterde!'

'Omdat hij bang was om tegen me aan te rijden.'

'Maar je gilde wel.' Matti had het zelf gehoord, dat kon ze niet ontkennen.

'Het ging allemaal zo vlug. Ik lag daar en die brommer maakte een vreselijk kabaal. Gelukkig heeft die jongen me geholpen.'

'Geholpen?'

'Hij was best lief.' Drika wreef over haar voet. Jarno had haar sneeuwlaarzen uitgetrokken en gevraagd of ze haar tenen nog allemaal kon bewegen. Dat er niets gebroken was, had hij gezegd.

Matti kon Jarno wel vervloeken. Hij had Drika proberen te paaien, net zoals hij dat met moeder deed.

'Hij wilde me achter op de brommer naar een dokter brengen, stel je voor!'

'Heeft hij dat echt gezegd? En waarom heb je dat niet gedaan?'

'Ben je gek! Die dokter zou meteen naar mama bellen.'

'En dus heeft hij je laten liggen? Een slechtziend meisje, midden op het meer?'

'Ik heb hem weggestuurd. Toen hij aandrong, heb ik met mijn stok gezwaaid. Trouwens, hij is op zoek naar jou.' Drika duwde haar scheefgezakte oorbeschermers weer hun plaats. 'Hij vroeg me of ik een magere jongen had gezien met veel te grote laarzen.'

'En wat heb je gezegd?'

'Ik ben zo goed als blind.'

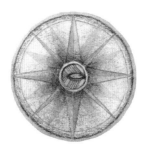

Ze zaten naast elkaar op het ijs en aten bibberend van de ontbijtkoek. Jarno's brommer was niet meer dan het gezoem van een mug. Het sneeuwen was in heftigheid afgenomen en af en toe glipte een manestraal door het wolkendek. Het was zeven uur tweeënveertig. Nog dertig minuten en Matti kon zijn berekeningen wel vergeten.

'Ik ben dus niet de enige die wordt gezocht,' zei Drika.

'Het was mijn neef Jarno. Hij heeft me door.' Matti blies een ademwolk naar de stad.

'Het moet wel een bijzondere vis zijn, als hij daarvoor achter je aan komt.'

'Ja,' zei Matti. 'Héél bijzonder.' Opnieuw keek hij naar de wijzerplaat. 'Ik ben te laat,' zei hij.

'Dat weet je toch niet zeker.'

'In minder dan een halfuur is Sirius dood.'

De woorden bevroren in de lucht.

'Ga nu,' fluisterde Drika.

'En jij dan?'

'Ik red me wel.'

Matti krabbelde op. Voorzichtig opende hij de tas en schikte de schapenvacht vast rond de kruik. De buitenkant voelde koud aan. Het had geen zin meer. Zelfs al zou hij het hele eind hardlopen, dan nog was de afstand te groot en de weg te glad.

Drika stak haar hand uit.

'Help je me nog even, voor je vertrekt?' vroeg ze.

Matti trok haar overeind. Enkele tellen bleef ze staan, toen wankelde ze en zakte op de grond.

'Zo laat ik je niet achter.' Hij ging weer naast het meisje in de sneeuw zitten.

'Zelfs niet voor je vaders vis?'

Opnieuw verstreken er twee kostbare minuten. Door stil te zitten voelden ze de koude nog venijniger dan tevoren. Matti klemde zijn kaken op elkaar om niet te klappertanden. Hij had nog achtentwintig minuten om tot bij het aquarium te komen, en dat voor drie kilometer op het ijs en de tocht door de stad. Uitgaande van een gemiddelde snelheid van... De cijfers cirkelden als kempvissen rond elkaar, ze hapten naar elkaar en duwden elkaar voortdurend van hun plaats. Met Drika in de buurt kon hij niet meer helder denken.

'Wat is er eigenlijk met jouw vader?' vroeg ze.

Ook dat nog. Matti haatte het om erover te praten. Niemand deed normaal als het over zijn vader ging. Sommigen vonden hem heel zielig, zoals de juf op school. Anderen dachten van alles, maar zeiden niets, zoals de buren met hun verwende teckel. En hij had Brand een dreun gegeven omdat die beweerde dat vader rijp was voor het gekkenhuis. Want als vader één ding niet was, dan was het gek.

'Toe?'

Matti kuchte.

'Ik weet het zelf niet eens,' zei hij.

'Probeer het,' zei Drika.

Toen begon hij haperend te vertellen. Eerst merkte hij niet dat vader aan het veranderen was, zei hij. Ja, hij werd wat korter van stof en had niet zoveel honger meer. Hij vergat de brievenbus leeg te halen en zijn spullen slingerden door het huis. Over een eenvoudige vraag kon hij tobben alsof iedere 'ja' of 'nee' een valstrik was.

Pas toen vader zich soms dagenlang opsloot in het atelier, werd duidelijk dat het ernst was. Op een nacht had hij vier afgewerkte glas-in-loodramen met een hamer verbrijzeld, terwijl moeder huilend op de drempel zat. Maar zelfs daarna leek niemand te willen geloven dat vader ziek was. Ziek in zijn hoofd. En vooral vader zelf wilde het niet weten.

'En jij?' vroeg Drika.

Matti keek naar de wolken die in een lange stoet boven hen voorbijtrokken.

'Pfft,' zei hij. 'Sommige dingen mag je niet geloven. Of ze worden echt.'

Twee dagen nadat hij de glasramen had kapotgeslagen, had vader kaartjes voor de dierentuin gekocht. Ze lachten er om de neusberen en voerden de flamingo's alsof er niets aan de hand was. Maar er was wel degelijk iets aan de hand. Vader voelde zich steeds vaker moe. Hoe meer hij tegen de somberheid vocht, hoe meer die aan hem vrat. Lezen ging almaar moeilijker en aan tafel vielen zijn ogen dicht. Hij zat urenlang tegen zichzelf te schaken.

Moeder deed er alles aan om het hem naar zijn zin te maken. Ze kookte de lekkerste gerechten en luisterde naar zijn gezeur. Ze gingen op skivakantie en maakten een boottocht tot aan zee. Maar niets hielp. Vader had nergens nog zin in. Hij rolde zich onder een dekentje op de bank. De rolluiken bleven steeds langer dicht. De bank werd zijn nieuwe thuis.

'Mis je hem?' vroeg Drika na een lange stilte.

'Hij is de hele dag thuis,' zei Matti.

Drika schoof wat dichter naar hem toe.

'Als we hier eens bleven zitten?' zei ze.

'Hier?' vroeg Matti. Het klappertanden kon hij niet meer stoppen.

'Ja,' zei ze.

'We zullen bevriezen.' Hij wapperde met zijn armen de kou weg.

'Maar we zijn wel samen,' zei Drika.

'Ja,' stamelde Matti. 'Samen zijn we wel.'

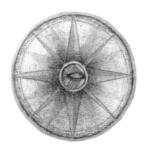

Sirius ging dood. En was het niet door Jarno's plan, dan zorgde de bittere kou er wel voor dat hij niet lang meer zou leven. Wat een stom idee ook om een tropische vis bij -23 graden mee naar buiten te nemen! Matti kon zichzelf wel voor de kop slaan. Hij wreef het ijs van zijn horloge. Tien voor acht. De temperatuur van het water in de kruik zou nu pijlsnel zakken. De vis zou onderkoeld raken en verstijven. Nog even en hij had zelf zijn vaders lievelingsvis vermoord.

Tsjoewiewoe!

Een kort getsjierp flitste van de ene naar de andere kant van het meer. Drika greep zijn hand vast. Er volgde een zacht gerommel.

Doekedoekdoek.

Enkele tellen bleef het stil. Toen volgden er drie hoge fluittonen, die verschillende richtingen uit gingen.

Tsjiewie! Tsjiewoewie! Tsjiewiewie!

Doekdoekdoekedoek.

'Wat is dat?' Drika fluisterde de woorden nauwelijks hoorbaar. De ene ijle klank na de andere zweefde over de vlakte. 'Is het een beest?'

Oesjiewietsjoe! Wiewiewawo!

Matti kende dit geluid, al had hij het nog nooit van zo

dichtbij gehoord. Als hij vanaf de steiger stenen op het bevroren meer liet ketsen, hoorde hij soms dezelfde onwerkelijke tonen. Na iedere tik volgde een kort *tsjoewie*. Als hij de stenen goed mikte, kon hij het geluid enkele keren na elkaar laten klinken. Maar nooit was het zo luid als hier op de ijsweg.

'Het ijs zingt,' zei hij, terwijl hij zich weer rustiger voelde worden. De springerige melodietjes deden de lucht zinderen. Soms waren ze vlakbij, dan flitsten ze weg naar de andere kant van het meer.

'Het ijs?'

'Het is in beweging. Door de vrachtwagens. Of onze voetstappen. Als het beweegt komen er barsten in die razendsnel door het oppervlak schieten. Daardoor gaat het ijs trillen.'

'Zal het breken?'

'Nee,' zei Matti. 'Als het zingt, breekt het daarom nog niet meteen.'

'Oef.'

'Denk ik.'

'Het lijkt wel een walvis.'

De klanken vormden samen een broze symfonie, een lied van ijs dat speciaal voor hen werd opgevoerd.

Tsjiewie sjiewuut jiewowie.

Matti zat met open mond te luisteren. Hij was de spanning van daarnet bijna vergeten.

Wuut wuut tsjoekdoekdoek.

'Misschien weet ik wel iets,' fluisterde Drika plots.

Matti keek verstoord op.

'Wat bedoel je?'

Drika deed haar rechterwant uit en woelde in de zakken van haar jas. Ze haalde een haarspeldje tevoorschijn en een knikker, maar dat was niet wat ze zocht, want haar vingers graaiden verder tussen de stof.

'Pak aan.' Drika hield een plastic zakje voor zijn gezicht.

'Wat moet ik daarmee?' Het zakje was doorzichtig en in de hoekjes zaten wat kruimels.

Deng! Deng! Doekdoek. Het ijs sloeg met de bekkens na een langgerekt, jubelend geluid.

'Het is best sterk.' Drika stak haar hand in het zakje en spreidde haar vingers, zodat het plastic strak kwam te staan. 'En het is helemaal waterdicht.' Toen gaf ze het aan Matti, trok haar want aan en wreef haar handen over elkaar.

'Ik snap het nog steeds niet,' zei Matti.

'Het water in de kruik is misschien koud, maar jij bent warm,' zei Drika. Er zat een kleine giechel in haar stem. Matti werd er een beetje onwennig van.

'En dus?'

Tsjietjiewoowaaaaa!

'Heb je een touwtje bij je?'

'Wat moet ik met een touw?'

'Of heb je een hemdje met een borstzak?'

'Waarom?' vroeg Matti. Hij deed de ritssluiting van zijn jas open en schoof een ijskoude hand onder de laag truien. 'Nee,' zei hij.

'Een halsketting, misschien?'

Tussen zijn vingers bengelde de tand van een tijgerhaai. Die had hij van zijn vader gekregen bij hun eerste bezoek aan het aquarium.

'Zoiets, ja.'

'Goed zo. Het is Sirius' laatste kans,' zei Drika plechtig. 'Maak je tas open.'

Een indringend salvo van fluittonen steeg op in de nacht. Matti gehoorzaamde haar alsof ze zijn schooljuf was.

'Waar is de vis?'

Hij gespte de tas open en haalde de schapenvacht met de kruik eruit.

'Giet een beetje water in het zakje.'

Nu bewoog Matti niet meer.

Woewiesjaa! Tsjawoewie!

Maakte ze hem wat wijs?

'En haast je. Of wil je Sirius meteen de diepvries in?'

Volgens het horloge had hij nog maar een kwartier om tot bij het aquarium te komen. Snel vouwde hij het vachtje open. Met een blote hand voelde hij aan de kruik. Alle warmte was weg. Een bevroren vis in een zakje of in een warmwaterkruik, het was even vreselijk. Hij schroefde de kruik open en goot een straaltje in het zakje.

'En nu de vis.'

Hij maakte van zijn linkerhand een kommetje en liet het water er traag overheen stromen. Het boorde kuiltjes in de sneeuw. Toen hij de visschubben tegen zijn handpalm voelde, hield hij gauw het zakje onder de opening. Sirius gleed spartelend naar buiten.

'Hij is vast prachtig,' fluisterde Drika.

'Ja,' zei Matti. De schubben glansden in het maanlicht.

'Een beetje lucht en dan een knoop erin.'

Matti haalde diep adem en blies een wolkje in het zakje. Toen maakte hij zo snel als het ging met verkleumde vingers een knoop.

'Je jas.'

Nu pas begreep Matti wat Drika bedoelde. Hij deed

69

zijn jas wat verder open en tilde de truien opnieuw omhoog. Rillend schoof hij met zijn andere hand het plastic zakje eronder. Hij zocht het kettinkje en bond het
uiteinde met de haaientand rond het knoopje in de zak.

'Past het?' vroeg Drika.

Voorzichtig legde hij zijn hand over het zakje. Zijn
vingers rustten ijskoud op zijn blote borst.

Doekedengdeng kadoekedengdeng.

Het gezang van het meer loste op in de nacht.

'36,8 graden,' zei Matti. 'Lichaamstemperatuur.'

'Het is je eigen hartenklop die hem nu warm houdt.'

Sneeuwwolken hadden plaatsgemaakt voor een bijna open hemel. Drika strompelde meer dan dat ze stapte. Ze haalden vast geen 3,35 kilometer per uur, maar Matti gaf er niet meer om. Hij kon Sirius voelen bewegen tegen zijn huid. Zolang de vis met zijn lijf zwiepte of de vinnen uitklapte, was alles in orde.

Dit was de afspraak: Drika ging met Matti naar het aquarium in de stad, op voorwaarde dat hij haar daarna naar de Bramenheuvel leidde. Eerst moest Sirius in veiligheid worden gebracht, de besneeuwde bloemenweide kon nog wel even wachten. Dat die laatste intussen was volgegoten met beton, durfde Matti nog altijd niet te zeggen. Hij was allang blij dat hij zijn tocht kon voortzetten zonder het meisje achter te hoeven laten.

Een tankwagen daverde dichterbij. Matti loodste Drika naar de kant van de ijsweg. Hij had moeite om zijn evenwicht te bewaren en gleed bijna onderuit. Ze drukten zich tegen de sneeuwrand aan en maakten zich zo klein mogelijk. Heel even zaten ze gevangen in het schijnsel van de koplampen. De vrachtrijder had hen opgemerkt. Hij knipperde met zijn lichten en toeterde, maar verder maakte hij geen aanstalten om te stoppen. Uitlaatgassen bleven als nevelslierten hangen op de weg.

Veertig minuten waaiden voorbij. Aan het einde van de ijsweg ontvouwde de stad zich als een deken van lichtjes.

'Ik zie een lange, blauwe paal,' zei Matti. 'Wat is dat?'

'De televisiemast,' zei Drika.

'En die groene lichtstreep links, een stukje buiten de haven?'

'Het reclamebord van de meubelfabriek misschien?'

Matti probeerde de lettertjes te lezen, maar ze waren met sneeuw bedekt.

'Nu is het er stil,' zei Drika. 'Maar overdag gaan je oren er tuiten van het geklop en gehamer. Ze hebben een zaagmachine waar een hele beuk in past.'

De stad kwam langzaam dichterbij. Matti vertelde wat hij zag: een rij flatgebouwen, drie kerktorens, de antieke voorgevel van het museum, bars waar 's nachts werd gedanst en een groot apothekerskruis. Drika antwoordde met de geluiden die ze hoorde en die voor haar zo vertrouwd waren. De stationsbel, bijvoorbeeld, als er een trein stopte bij het perron. Of het aanhoudende gegons van de autosnelweg.

'Ik hoor wat jij niet hoort,' zei ze.

'Is het een machine?' vroeg hij.

'Nee, het heeft geen motor.'

'Een gebouw dan?'

'Gebouwen maken geen geluid.'

'Wel wat erin zit.'

Matti trok de oorkleppen van zijn muts omhoog. Nu hoorde hij ook iets.

'Het lijken wel mensen.'

Drika knikte. Heel vaag kon Matti ze horen, af en toe was er een uithaal of geroep.

'Zijn er nergens discolichten?'

Toen zag Matti wat ze bedoelde. Spots flikkerden aan en uit bij een paviljoen dat op palen in het meer stond. Onder de lichtjes gleden tientallen stipjes heen en weer.

'De schaatsclub,' zei Drika.

Matti was wel vaker in de stad geweest, maar nog nooit te voet over het meer. Vroeger was hij eens met vader en moeder in een kleine boot van Winteroever helemaal naar de overkant gevaren. Maar dat was overdag en in een andere tijd. Een tijd waarin vader nog kon lachen om moeders grapjes en dicht tegen haar aan schoof op het bankje. Matti mocht zelf roeien en spatte met de roeispanen water in hun gezicht. Vader liet moeder schrikken door met de boot te wiebelen en haar daarna dicht tegen zich aan te trekken. Matti zat op het andere bankje naar hen te kijken, naar hoe mooi ze samen waren, zijn vader en moeder. En hij bedacht dat ook hijzelf een stukje van dat samen was.

Langs de rand van het meer stonden slierten auto's bumper aan bumper geparkeerd. Minimensjes haastten zich voor de kou naar binnen.

'Kunnen ze ons zien?' vroeg Drika.

'Vast niet,' zei Matti. 'Voor hen is het meer één grote, donkere vlakte.'

De ijsweg kwam uit op een loskade die aan de zijkanten was omzoomd met stenen stalletjes waar 's zomers vis en schaaldieren werden verkocht. Er stond een houten gebouw van de havenpolitie met twee vrachtwagens voor de deur. Bestuurders moesten zich er aanmelden voor ze de tocht over de ijsweg aanvatten. De havenpolitie controleerde hun lading en of ze niet te kort na elkaar het ijs op reden.

De deur van de barak sloeg open en dicht. Een vrachtwagen knipte zijn koplampen aan.

'Als we langs de voorkant lopen, zien ze ons zeker,' zei Matti terwijl de vrachtwagen hun kant uit reed. 'Hierheen!'

Drika kroop achter hem aan over de opgehoopte sneeuw naast de weg.

'En nu?' pufte ze, nadat de truck voorbij was gebulderd. Ze trok haar kap wat naar achteren. De ijsbloemen overwoekerden haar brillenglazen.

Matti keek naar het meer achter hen. Links galmde een bel en de schaatsers in de club maakten een volgend rondje. De lucht boven de ijsweg leek veel zwarter dan zo-even. De sterrenhemel was vervaagd en de maan was niet meer dan een nachtlampje.

'We hebben het gehaald,' fluisterde hij dicht bij Drika's oor. 'We hebben de overkant bereikt!'

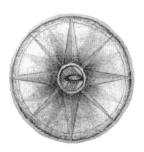

Naast de houten barak van de havenpolitie was een hek.
Ze glipten tussen de spijlen door naar de loskade. Uit
een metalen buis kringelde rook. In de muur zat een
laag raam, zodat ze op hun knieën moesten kruipen om
niet gezien te worden. Toen hij halverwege het raam was,
tilde Matti zijn hoofd op en keek naar binnen. Er klonk
het opgewonden geschreeuw van een voetbalpresentator. Aan een tafeltje zat een agent voor een klein televi-
siescherm. Hij droeg een uniformjas en een bontmuts.
Iedere keer wanneer een speler de bal miste, gromde
hij luid en sloeg met zijn hand op het tafelblad. Daarop
hoorde Matti iemand instemmend antwoorden, maar
hij kon niet zien wie het was. De andere persoon stond
vlak bij de deur zijn handen aan een gaskacheltje te war-
men.
    'Wat zie je?' vroeg Drika.
    Matti liet zijn hoofd weer zakken.
    'Ze kijken voetbal,' zei hij.
    Ze kropen verder naar de achterkant van de barak.
Een vuilniswagen rammelde over de loskade. Plastic
snippers waaiden uit de laadbak en dwarrelden op de
grond. Matti hielp Drika overeind en klopte de sneeuw
van zijn knieën.

Toen ze de loskade wilden oversteken, zag hij om de hoek van het gebouw het achterwiel van een brommertje. Het was een klein model met extra dikke banden.

'Terug!' fluisterde hij en hij duwde Drika naar achteren. Ze struikelde bijna, zocht houvast tegen de muur en stootte per ongeluk met het uiteinde van haar stok tegen de ruit.

'Wat krijg jij opeens!' zei ze.

'Jarno!' prevelde Matti. 'Hij is binnen.'

Door de wand hoorden ze het gekras van een stoel. De televisie werd zachter gezet.

'Wat was dat?' De stem van de agent was gedempt, maar toch nog verstaanbaar.

'Een hoekschop,' zei de andere stem, die onmiskenbaar die van Jarno was.

'Nee, knul. Dat geluid.'

'Een vogel tegen het glas.'

'Het is nacht.'

Zware voetstappen kwamen hun richting uit.

'Bukken!' Matti wierp zich in de sneeuw. Drika zakte eerst door haar knieën, en ging als een opgerold egeltje achter hem liggen.

De havenagent zette het raam op een kier. Een geur van braadworst waaide naar buiten. Even bleef het stil. Hij keek naar links en naar rechts. Toen schraapte hij zijn keel.

'Gaan ze het halen, denk je?' vroeg hij.

'Geen schijn van kans,' antwoordde Jarno. 'Nog vijf minuten te gaan en twee doelpunten achter. Dat halen ze nooit.'

Toen viel het raam met een klap dicht.

De voetbalpresentator riep als tevoren. De agent

gromde weer. Matti zocht Drika's hand en ze slopen terug naar de rand van het gebouwtje. De plastic snippers
lagen als veelkleurige bloemblaadjes in de sneeuw ge-
strooid.

'Kom op!' fluisterde hij en ze holden zo hard dat ging
met Drika's pijnlijke voet over de loskade. Aan de overkant verstopten ze zich tussen de marktstalletjes. Er lagen mosselschelpen en het stonk er naar afval.

Een halve minuut later werd de deur van de barak
opengerukt en kwam Jarno naar buiten.

'Laat het me weten als u hem ziet!' riep hij nog tegen de politieman voor hij zijn helm opzette. 'Het is een
schriele knul met veel te grote laarzen.'

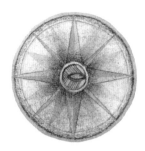

Het gesnerp van Jarno's brommertje bleef nog minutenlang hangen. In het flatgebouw achter de kade drukten bewoners hun hoofd tegen de ruit om te kijken wat dat hels kabaal was. Een kerkklok luidde negen uur. Matti en Drika kwamen uit hun schuilplaats tevoorschijn.

Ze volgden de rails van een tramlijn, die hen van de haven naar het stadscentrum moest brengen. Drika liet haar stok langs het spoor glijden. Door de ellendige kou was het opvallend rustig in de straten. De winkels en kantoren waren al gesloten. Af en toe haastte iemand zich weggedoken in zijn kraag naar huis. Een vrouw stond met een baby onder haar jas op de tram te wachten. Er reed een lege taxi voorbij.

De stoepen waren met steengruis bestrooid zodat voetgangers niet uitgleden. Vroeger kwam Matti hier met moeder wel eens winkelen, op zoek naar een nieuwe broek of jas. Maar sinds vader geen glas-in-loodramen meer verkocht, deden ze dat niet meer.

Op dat moment plofte er een sneeuwbal tegen zijn hoofd.

'Blijf staan!' Uit de portiek van een boekenwinkel kwam iemand naar hen toegelopen. Hij droeg een korte

jas met rode strepen op de mouwen. Onder zijn arm
hield hij een motorhelm.

'Dacht je nu echt dat ik jullie niet doorhad, Spits?'

Matti zette zich schrap. Als hij alleen was geweest, zou
hij nu vluchten. Zijn neef was misschien veel groter en
kon harder rennen, maar niemand kon zich zo goed ver-
bergen als hij. Er waren genoeg steegjes en gangetjes om
Jarno van zich af te schudden. Maar hij was niet alleen.
Drika knelde haar arm als een krab om de zijne.

'Hoe is het met je voet?' vroeg Jarno haar. Hij stond
nu vlakbij. In de stoere jas leken zijn schouders veel bre-
der dan ze waren.

'Gaat wel,' zei ze, terwijl ze haar zoekende ogen op
hem probeerde te richten.

Jarno had twee gezichten. Aan de ene kant dat van
de verantwoordelijke jongen, zoals hij ook met moeder
praatte. En aan de andere kant de sluwe vossenkop waar
Matti zo'n hekel aan had.

'Dus jullie kennen elkaar?'

'Nee, ja, nog maar net,' murmelde Matti.

'Jij bent me een uitleg verschuldigd.' Jarno klopte de
sneeuw van Matti's muts.

'Laat me met rust!' Hij gaf zijn neef een duw, zodat
die wel een stap achteruit moest zetten.

'O, wil je op die manier praten?' zei Jarno. 'Vertel me
liever wat je hier uitvreet. Je loopt al dagen in jezelf te
mompelen en overal in huis liggen briefjes met gekrab-
bel. Wat ben je van plan?'

'Tegen jou zeg ik niets!' Matti's bloed kolkte. Wat
dacht die bullebak wel? Sirius kreeg hij niet te pakken.

Jarno stak een arm uit en greep Matti's tas. Het riem-
pje sneed in zijn hals.

79

'Doe open!'

'Als je me loslaat.'

'Zit die vis van het glasraam daarin? Of dacht je dat ik niet zou merken dat hij weg was?'

Matti maakte de riempjes los. Hij haalde zijn lamp tevoorschijn en het stuk schapenvacht.

'Is dat alles?' Jarno graaide zelf in de tas en trok de warmwaterkruik eruit. 'Hebbes!' Hij schudde ermee. Er klotste geen water. Hij schroefde de dop open en hield de kruik wat schuin. Op een druppel na, bleef zijn hand droog.

'Waar is hij, Spits?' vroeg hij en kiepte de kruik helemaal ondersteboven.

Enkele tellen staarden de twee neven elkaar in de ogen. Ze hadden dezelfde lange wimpers.

'Die vis is dood,' zei Drika beslist.

Jarno keek haar aan, de vossensnuit hield Matti in de gaten.

'Het is mijn schuld,' zei Drika. 'Hij is doodgevroren omdat ik zo traag ben.'

Jarno klopte hard op de motorhelm. 'Het was een echte showkampioen. Hij kwam helemaal uit Thailand. We hadden er een smak geld voor kunnen krijgen.'

'We hebben hem halverwege de ijsweg begraven,' zei Matti vlug. 'Je kan hem gaan zoeken als je wil.'

Jarno rolde de helm als een bowlingbal tussen zijn handen.

'Ik waarschuw je, Spits. Als je me belazert...'

'Houden jullie nu eindelijk op met die onzin?' Drika stak haar stok dreigend in de lucht. 'Ik bevries zelf bijna en jullie ruziën om een dooie vis.' Ze klappertandde tussen de woorden door. 'Matti, kun je me dan nu naar huis brengen, alsjeblieft?'

'Meteen!' knikte Matti. 'Het is vlakbij.'

Jarno gooide de helm nog één keer van de ene naar de andere hand. Toen knikte hij naar Drika.

'Ik heb een brommer, we zijn er zo als je wil...'

'Ik red me wel,' zei Drika en ze strompelde verder langs de tramrails.

'Ook goed. Dan zoeken jullie het zelf maar uit.' Jarno duwde boos de warmwaterkruik weer in de tas. 'Maar denk eraan, het vissengevecht start meteen na het vuurwerk. En ik reken erop dat je dan terug bent, neefje!'

Jarno trapte de brommer aan. Zonder om te kijken duwde hij de helm op zijn hoofd en raasde de straat uit. Het scheelde geen haar of hij knalde tegen een tram aan die piepend de andere kant uit ging.

Van hem waren ze voorlopig verlost, dacht Matti, en toch voelde hij zich leeg en rusteloos. Sirius was bijna in veiligheid, maar de andere vissen zou hij niet kunnen redden. Met Drika erbij was hij nooit voor middernacht terug in het dorp.

'Hé, Spits, gaat het weer?' vroeg Drika na een tijdje.

'Begin jij ook al?'

'Ik vind het best een schattige naam,' zei ze. Het vrolijke kuiltje in haar rechterwang werd almaar dieper.

'Ik ben niet schattig.'

'Dat is waar, Spitsmuis.' Ze schaterde het uit.

Ze kwamen bij een bevroren rivier die dwars door de stad stroomde. Langs de oever was een laan met bomen. Ze volgden de laan tot aan een brug. Het aquarium was ondergebracht in een langgerekt gebouw aan de overkant van de rivier. Op een bankje tussen de bomen zat een groepje jongeren. Ze hadden met afval en papier een vuurtje gemaakt om zich warm te houden.

Matti bleef stilstaan bij een brede trap die tussen zuilen naar een grote deur leidde. Voor de ramen op de eerste verdieping waren tralies aangebracht. Er hingen affiches met een rog en hamerhaaien.

Het was bijna half tien. Matti klom als eerste de beijzelde trap op. Drika legde haar hand op de leuning en hees zich omhoog. Onder de overkapping sliepen duiven. Matti drukte zijn gezicht tegen het glas. Binnen was het aardedonker, op het groene schijnsel van de noodverlichting na.

'Op slot!' riep hij en duwde met zijn volle gewicht tegen de deur.

'Wat had je dan gedacht?' Drika wreef over de koperen vissenkop aan het uiteinde van de leuning.

Matti probeerde het nog een keer en draaide zich om.

'Karper,' zei hij tegen Drika, die haar hele want in de opengesperde vissenmuil had gepropt.

Drika's stok liet een kronkelig spoor achter op de treden. Matti ging haar voor naar de parkeerplaats aan de achterkant van het gebouw. Er groeiden reusachtige kastanjebomen, waarvan de takken zwaar doorbogen onder de sneeuw.

'Vader parkeerde zijn bestelwagen hier,' zei hij.

Drika sjokte achter hem aan naar een trap die naar de kelder leidde. De treden waren bedekt met een dikke sneeuwlaag. Matti bukte zich en baande zich met zijn handen een weg. Onder aan de trap was een deur. Deze gaf wel mee. De opgehoopte sneeuw viel naar binnen.

'Hierheen,' fluisterde hij en pakte de zaklamp uit de tas.

Er stonden lange rijen fietsenrekken. Achteraan was er een ingang voor het personeel, maar op dit uur kwam je er zonder de juiste sleutel niet in. Ze liepen langs de fietsenrekken naar een zijkamertje. Het was volgestouwd met de duimdikke glasplaten waaruit de aquaria werden gemaakt. Matti scheen met de lamp over de stapels glas en vandaar naar een werkbank. Erboven in de muur zat een ventilatieraampje. Hij klom op de werkbank en probeerde het open te wrikken. Toen hielp hij Drika omhoog. Het raampje was niet groot, maar voor hen net groot genoeg om erdoorheen te kruipen.

Ze kwamen in een bergruimte met schoonmaakspullen terecht. Matti klom naar beneden. Hij liet Drika haar voeten eerst op zijn schouder en dan op zijn knie zetten, zodat ze zich op de grond kon laten zakken. Naast de deur van de berging was een schakelaar. Matti drukte erop, de tl-verlichting floepte aan. Er hingen handdoeken en dweilen te drogen en er stond een eindeloze rij emmers, bezems en vloerwissers. In vergelijking met de ijselijke koude buiten leek het er bijna heet. Drika's brillenglazen waren meteen beslagen.

'Eerst je voet verzorgen,' zei hij en hij plaatste een omgekeerde emmer voor haar op de grond.

Drika duwde haar kap naar achteren en zette de oorbeschermers af. Haar korte haren staken alle kanten op. Ze ging op de emmer zitten, legde de stok neer en schoof voorzichtig haar laars uit.

Matti stopte zijn handschoenen in zijn jaszak. Bij een kraantje in de hoek vulde hij een andere emmer met lauw water. Hij zakte op zijn knieën en maakte Drika's voet schoon met een doek. Rond haar kleine teen zat bloed en onder de nagel was de huid blauw geworden.

'Ziet er lelijk uit,' zei hij, terwijl hij zorgvuldig alle

84

bloedresten verwijderde. Hij droogde de voet af en wikkelde er een dunne stofdoek omheen. Voorzichtig trok hij haar wollen sok erover.

Drika gaf geen kik, ook al perste ze de lippen op elkaar. Ze deed zelf haar laars weer aan. Daarna doofde Matti het licht.

Arm in arm struinden ze door het doolhof van kelders onder het universiteitsgebouw. Het getik van Drika's stok echode tegen de betonnen wanden. Matti scheen met zijn zaklamp in de verschillende kamers die waren volgestouwd met archiefdozen, mappen en oude boeken. In de gang stond een collectie opgezette dieren: een wolf, een pronkende pauw, een koppel bevers op een boomstam en drie eksters. Matti kon het niet laten om met zijn vingers door de wolvenvacht te strelen. De pels was stug en rook naar mottenballen.

'Voel dit eens,' zei hij tegen Drika. Hij bracht haar hand naar de ontblote wolventanden.

'Doe niet zo flauw!' Ze trok snel haar arm terug en verdween het donker in.

Aan het einde van de gang brandde een groene pijl naast een deur met een rond raampje erin. Matti duwde ze open en liet Drika voorgaan. Ze stonden in een gigantisch trappenhuis.

'Nog twee verdiepingen,' zei hij opgewonden. En dat moest Sirius ook gevoeld hebben, want bij iedere trede spartelde de vis heftiger tegen zijn borst.

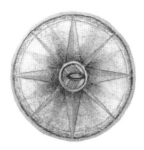

Als hij Jarno moest geloven, dan voelden vissen geen pijn. Dan kon je ze in de lucht gooien, op tafel laten verdrogen, erin knijpen en de schubben loskrabben, zonder dat ze daar ook maar de minste last van hadden. Maar Matti wist wel beter. Vissen voelden niet alleen pijn, ze wisten zelfs in het donker wie er aan de andere kant van het glas stond. Dat had vader hem ooit laten zien. Hij had het licht in de bijkeuken uitgedaan en Matti alleen naar binnen gelaten. Alle kempvissen bleven rustig in hun potten zwemmen. Daarna was het vaders beurt. Het kamertje was pikdonker en toch hingen de vissen meteen tegen het glas. Vissen waren niet dom of gevoelloos. Ze voelden de trillingen van een mens in de kamer. En ze wisten precies wie hen verzorgde en wie aardig voor hen was.

Aan de ingang van het aquarium hingen afbeeldingen van zeeduivels. Met hun wrattige bekken gaapten ze hen aan. De hele tocht had Matti zich sterk gehouden, maar nu, met het einddoel bijna in zicht, knikten zijn knieën. Drika gaf hem een por in zijn zij.

'Nu niet opgeven,' zei ze. 'Jij hebt mij het hele eind hierheen gesleurd. Ik heb recht op een rondleiding.'

De ruimte met de tientallen aquaria was donker. Matti stond voor de bak met Aziatische arowana's waar zijn vader zo mooi over kon vertellen. In het schijnsel van de noodverlichting kregen hun schubben een metaalgroene glans.

'Arowana's zijn muilbroeders,' zei hij een beetje plechtig, zoals dat hoorde bij een echte gids.

'Wat is dat?' vroeg Drika.

'De eieren worden uitgebroed in hun bek.'

'Bah! Slikken ze die dan niet in?'

'Het zijn hun eigen jongen, daar gaan ze echt niet op kauwen.'

'Zeg me wat je ziet.'

Matti keek naar de vage weerspiegeling in de ruit. Daar stond hij met een meisje dat hij nauwelijks kende. Ze staarde de vissen aan met lege ogen.

'Vijf vissen van pakweg tachtig centimeter lang,' zei hij. 'Hun bek is plat van boven en ze hebben twee sprieten op hun lip. Aan hun lang lijf zitten brede borstvinnen. Als ze zwemmen wiegen ze heen en weer in het water.'

Naast hem wiegde Drika zachtjes mee.

'Arowana's zijn heel duur, véél duurder dan Sirius. Ze brengen geluk, net als Chinese draken.'

'Ja, en ze spuwen vuur,' zei Drika, die een blos op haar wangen had gekregen. Het was warm in de zaal met aquaria, of in ieder geval veel warmer dan buiten in de koudste nacht.

Naast de arowana's zwom een school regenboogvissen tussen de javaplanten en rode tijgerlotus.

'Ze leven in Australië,' zei Matti. En ook: 'Ze zeilen soms pijlsnel door de bak. In het zonlicht veranderen ze voortdurend van kleur.'

Matti kreeg er steeds meer plezier in om Drika rond te leiden. Er volgden aquaria met tandkarpers, zeldzame cichlidesoorten, reuzenpalingen en glasmeervallen. Bij de Afrikaanse olifantvissen vertelde hij honderduit over hun slurfje en hun lijf vol voelorgaantjes.

'Ze hebben geen ogen nodig om te kijken,' zei hij. 'Ze zenden elektrische signalen uit om zich te oriënteren of te communiceren met andere vissen. Als je heel goed luistert, kun je ze horen knetteren.'

Daarop priemde Drika kort met een vinger in zijn zij. Matti maakte een sprongetje.

'Ik gebruik ook elektriciteit om je te zien,' grinnikte ze.

Van de tropische zoetwaterbakken liep Matti naar de brakke binnenwateren met schuttersvissen en rode krabben, kogelvissen en slijkspringers. In een cilindervormig aquarium dat van de vloer tot aan het plafond reikte, zweefden tientallen kwallen. Ze waren nauwelijks zo groot als zijn handpalm en dansten op en neer in de stroming.

'Een kwal heeft geen ruggenmerg, geen ogen, geen hersenen en geen maag,' zei Matti.

'Geen hersenen?' vroeg Drika. 'Klinkt goed! Dan hoef ik nooit meer in bed te liggen piekeren.'

Daarop was het Matti's beurt om Drika te laten schrikken. Hij omklemde haar met beide armen. Haar stok kletterde op de grond. Hij schrok er zelf van.

'Ze hebben tentakels om visjes en plankton te vangen,' zei hij. 'En ze verlammen hun prooi met gif.'

Drika duwde hem kordaat van zich af.

'Ik heb een hekel aan tentakels,' zei ze.

Het pronkstuk in de hal was een stukje oceaanrif met tientallen koralen die wetenschappers van hun onderzoekstochten hadden meegebracht. De scholen clownsvissen, doktersvissen, papegaaivissen en juffertjes die overdag vrolijk rondzwommen, hingen nu laag tegen de bodem of hielden zich tussen de anemonen en koralen verborgen. Tegen de achterwand kleefden helblauwe zeesterren en zeekomkommers zaten in een hoekje tegen elkaar aan gekruld.

'En nu jij,' zei Matti.

'Ik ken alleen guppy's,' zei Drika. 'En ik zie geen vissen, hoogstens wat glimmend licht. Dat weet je best.'

'Misschien kun je ze voelen. Net zoals zij ons kunnen voelen.'

Drika zuchtte even. Ze boog zich naar voren tot het topje van haar neus het glas raakte. Vissen zwommen uit hun schuilplaatsen tevoorschijn.

Matti ging naast haar staan en sloot zijn ogen. Nu pas merkte hij dat ze naar amandelkoekjes rook.

'Ik kan het niet,' zei ze.

'Probeer het.'

Het is nooit echt stil in een aquarium. Zodra je stopt met praten, neemt het gezoem van filters en pompen het over. Je hoort water suizen in de afvoerleidingen, het borrelen van luchtpompjes en het aan en uit knippen van de verwarmingsapparaten. Voor een ongeoefend oor is het bijna onmogelijk om tussen al die achtergrondgeluiden de vissen te horen. Maar Drika had haar oren niet nodig.

'Het zijn er veel,' zei ze. 'Eerder klein. Schichtig.'

Matti zag tussen zijn wimpers door hoe er inderdaad

een schooltje anemoonvissen nieuwsgierig voor haar gezicht kwam zwemmen.

'En daar is een grote! Hij wil de andere wegjagen.'

Het was een rode koraalbaars. In het donker leek hij bezaaid met lichtblauwe sterren.

'Ze zijn treurig,' zei Drika. Haar stem werd stiller. 'Alsof ze rouwen om iets dat ze lang geleden zijn kwijtgeraakt.'

'Wat dan?' Dat vissen konden rouwen, wist Matti best. Als je een groepje uit elkaar haalde, bleven ze nog dagenlang zoeken naar wie er verdwenen was.

Drika liet haar voorhoofd tegen het glas rusten, maar zei niets meer. Matti wist dat ze iets voelde dat hij met zijn ogen niet kon zien. Vissen praatten met elkaar door de trillingen in het water. En misschien kon zij ook wel met hen praten, daar, met haar hoofd tegen de ruit.

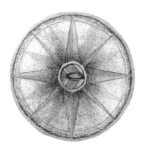

In het hele gebouw was er niet één *Betta splendens* te vinden. En er was ook geen enkel aquarium waarin Matti Sirius kon loslaten. Het water was te zout, te zuur of te koud. De andere vissen waren te groot of erg roofzuchtig. En als het gezelschap wel geschikt was voor een kempvis, zoals de vuurzalmpjes of regenboogvisjes, kon hij toch niet bij de bovenkant van de bak komen. Alleen de verzorgers hadden via een gang achter de aquaria toegang tot het water.

'Wat ga je nu doen?' vroeg Drika. Ze zag er moe uit en het bezoek leek haar in de war te hebben gebracht. 'Je kan die vis toch niet het hele eind mee terug naar huis nemen?'

'Ik verzin wel iets,' zei Matti. Ze stonden weer bij de arowana's. 'Wacht hier even.'

Hij draafde de hal uit en vloog de trappen af, terug naar de kelder. In een van de bergruimtes vond hij een doorzichtige plastic bak. Er zat een deksel op met luchtgaten en een handvat. Hiermee werden de vissen getransporteerd als ze van aquarium moesten veranderen. Matti veegde het stof eraf en klemde de bak onder zijn arm. Uit het washok nam hij een emmer mee en hij klom snel weer naar boven.

'Hierheen!' riep hij naar Drika en trommelde met zijn vingers op de houten balie waar overdag de toegangs-kaartjes werden verkocht. Hij schoof een stapel folders en een bloemstukje opzij, en zette de bak erop. Het was geen mooi aquarium, maar voor Sirius, die niets anders gewend was dan een tweeliterpot, was het vast een paleis.

In de toiletten vulde Matti de emmer met water en kieperde hem leeg in de bak. Hij stak zijn hand in het water om de temperatuur te voelen. Het was lauw, misschien een tikje te warm. Opnieuw beende hij naar het kraantje om nog wat koud water te halen. Heel zorgvuldig bleef hij voelen tot alles precies goed was.

Sirius lag stil in het zakje dat Matti op zijn borst had gedragen. Hij maakte het voorzichtig los van de ketting met de haaientand en haalde het van onder zijn kleren tevoorschijn. Het water kwam maar drie centimeter boven de vis uit en om zich om te keren was er al helemaal geen plaats. Matti wreef zacht met zijn vinger tegen de zijkant van het zakje. Sirius spartelde meteen. Hij leefde nog en dat was het belangrijkste. Matti maakte de knoop in het zakje los en liet het in de bak zakken. Hij liet er een beetje van het verse water in stromen en wachtte dan, zodat de vis aan de temperatuur en de samenstel-ling kon wennen. Zo had vader het hem geleerd. Daarna vulde hij het zakje weer wat bij. Dat herhaalde hij enkele keren tot het helemaal vol was.

'Het is zover,' zei hij tegen Drika en hij deed de boven-kant van het zakje open zodat Sirius eruit kon zwem-men. De vis bleef nog even liggen voor hij zich naar de bodem van de bak liet zinken.

'Hij is uitgeput.'

'Maar hij voelt blij,' zei Drika. Ze legde haar hand op die van Matti. 'Echt.'

Pas toen Sirius weer naar het wateroppervlak steeg en daar bleef rondzwemmen, wist Matti dat alles goed zou komen. Het water zou vannacht afkoelen, maar als de verzorgers hem morgenochtend zouden vinden, was het vast nog niet onder de 18 graden gezakt. Hij zocht tussen de folders op de balie naar een stuk papier en een pen.

Op een reclamebladje van het aquarium schreef hij in zwierige letters: DIT IS SIRIUS. HIJ IS IN GEVAAR. KUNNEN JULLIE VOOR HEM ZORGEN? NIET SAMEN MET EEN ANDER MANNETJE ZETTEN! OOIT KOM IK HEM MET MIJN VADER WEER BEZOEKEN.

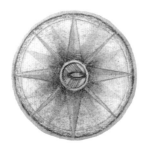

Het was tijd om te vertrekken. Matti deed precies wat hij Drika bij het koraal had zien doen: hij sloot zijn ogen en drukte zijn voorhoofd tegen de plastic bak waar Sirius in zat.

Tot gauw, zei hij in gedachten.

Daarna daalden ze de trap af naar de kelderverdieping. Drika trok nog met haar voet, maar ze leek er toch al minder last van te hebben. Matti duwde de deur met het ronde raampje open en liet haar voorgaan. Hij scheen met de zaklamp op de grond, zodat ze de lichtvlek kon volgen.

Toen ze halverwege de gang met opgezette beesten waren, hoorden ze geroep buiten op straat. Drika verstijfde.

'Fredrika!'

'Sssjt,' zei ze. Naast hen stond een muf everzwijn en de wolf keek nog net zo hongerig als een uur geleden.

'Driiikaaa!'

De stem van Drika's moeder klonk schor. Matti hoorde het gedempte geluid van een auto die heel langzaam de straat langs de rivier volgde.

Ik moet hen waarschuwen, bedacht hij opeens. Ze moeten weten dat Drika hier is! Hij schrok er zelf van en kon zichzelf op zijn kop geven, maar hij dacht het

toch. Als hij nu met Drika naar buiten liep, was ze meteen terecht. Haar ouders zouden het meisje omarmen
en ongerust als ze waren, zouden ze zelfs vergeten haar
op haar kop te geven. Matti zou vertellen hoe hij Drika
verkleumd op de ijsweg had gevonden, en dat hij haar
het hele eind terug naar de stad had gebracht. Zonder
haar was hij véél sneller in Winteroever. Het was half elf.
Misschien had het vuurwerk vertraging en was Jarno
nog maar net gestart met het vissengevecht als hij nu
zou...'

'Geen sprake van,' morde Drika.

'Ik heb toch niets gezegd?'

De auto stopte. Drika's ouders riepen wat naar de
jongeren bij het vuurtje onder de bomen. Misschien
hadden zij hun dochter gezien.

'Geef toe, je hebt het wel gedacht.'

'Niet waar.' Matti liet zijn vingers over een veer van de
opgezette pauw glijden.

'Echt niet?'

'Ik zeg het je toch.'

'Je hebt al zoveel gezegd. Zweer het. Op het leven van
Sirius?'

'Laat hem hierbuiten.'

'Niet dus.' Drika stak haar stok omhoog en gaf de wolf
een flinke tik, alsof ze Matti zelf had willen raken.

Het gepraat van Drika's moeder kwam dichterbij.

'Ze maken zich doodongerust,' zei Matti. 'Je zou toch
gewoon met hen mee kunnen gaan. Ze zullen je vast wel
een keer naar de Bramenheuvel brengen. In de zomer.
Als de kraanvogels terug zijn uit het zuiden.'

'Lafaard,' zei Drika. 'Je hebt het me beloofd: eerst de
vis en dan mijn plan.'

'Ja, maar ik wist niet dat je ouders hier...'

'Dan ga ik wel alleen.' Drika rukte zich los, trapte de hazen omver die voor hen op de grond stonden en liep naar de uitgang.

'Hé, wacht even!' riep Matti. 'Je kan het niet alleen.'

'O nee?' hoonde Drika. 'Dat zullen we nog wel eens zien. Tot in Winteroever!'

Natuurlijk was het niet zijn bedoeling om Drika op de grond te duwen. En al helemaal niet om haar pijn te doen. Maar toch deed hij het. In een flits ging Matti achter haar aan en sprong op haar rug. Drika klapte dubbel onder zijn gewicht en sloeg met een smak tegen de vloer.

Ze slaakte een kreet. Buiten voor het universiteitsgebouw hield het gepraat op.

'Wat was dat?' riep een mannenstem.

Ze kropen gauw naar de kamer met schoonmaakspullen. Drika hield zich vast aan zijn jas. Mensen holden de parkeerplaats op.

'Is daar iemand?' Het moest haar vader zijn. Hij stond nu vlak bij de fietsenberging.

Ze doken weg achter de bezems. Drika probeerde met haar sjaal haar snikken te smoren.

'Drika, ben jij dat?' riep haar moeder van onder de kastanjes.

Matti en Drika zaten tegen elkaar aangedrukt tussen de bezems en vloerwissers. Ze durfden amper adem te halen. Er kwamen nog meer auto's aangereden op de weg langs het water. Iemand toeterde. Er volgde een korte woordenwisseling. Nog één keer hoorden ze Drika's moeder roepen, daarna stierven de stemmen op de parkeerplaats weg. Portieren werden dichtgeklapt. Het geluid van slippende banden.

'Sorry,' zei Matti nadat de auto's waren weggereden.

Drika wreef over haar bezeerde elleboog. Haar bril stond scheef en ze had haar kin geschaafd.

'Het was niet mijn bedoeling om...'

'Je had me ook naar buiten kunnen laten gaan.'

'Dan hadden ze je meteen gezien.'

'En dat heb je niet laten gebeuren.'

'Nee.' Matti haalde zijn zaklamp uit de tas en scheen op de muur tot hij het ventilatieraampje zag.

'Dus je doet het?' vroeg Drika.

Matti haalde diep adem. Het stof kriebelde in zijn keel.

'Oké,' zei hij. 'Ik breng je naar de Bramenheuvel.'

De wind viel hen ongenadig aan op de parkeerplaats. De auto van Drika's ouders had slipsporen in de sneeuw achtergelaten. Wat verderop zaten de jongeren op de bank druk te praten. Ze hadden nog meer vuilnis op het vuur gegooid, dat de onderste takken van de bomen schroeide.

Matti en Drika stapten arm in arm langs de zijkant van het universiteitsgebouw tot aan de rivier. Drika hield haar stok zo goed mogelijk verborgen. In plaats van over de brug te gaan, waar ze zeker zouden worden opgemerkt, daalden ze via een noodladdertje af naar het bevroren wateroppervlak. In het donker onder de brug zat een koppel zwanen, de poten diep in de donsveren verborgen.

'Waarom neurie jij de hele tijd?' vroeg Drika nadat ze aan de overkant van de rivier weer omhoog waren geklommen en ze er zeker van konden zijn dat niemand hen was gevolgd.

'Doe ik dat dan?' zei Matti.

'Het geluid komt wel uit jouw mond.'

De rest van de tocht langs de kantoorgebouwen en winkelstraten hield Matti zich stil. Een kleine sneeuwruimer schraapte de weg vrij. IJsbrokken spatten in het rond en kwamen op de overjas terecht van een man die in de nachtwinkel een krant had gekocht. Langs de kant stonden auto's met een halve meter sneeuw op de voorruit. Om het portier open te krijgen, had je een schop nodig.

'Het ergste hebben we nu wel gehad,' zei hij meer tegen zichzelf dan om Drika gerust te stellen.

'Denk je dat Jarno het hierbij zal laten?' vroeg ze.

'Dan ken je hem nog niet.'

'Eerst leek hij lief.'

'Jarno is helemaal niet lief! Het is een valstrik, geloof me. Zo heeft hij dat bij mama ook gedaan: hij windt haar om zijn vinger met grapjes en door haar te helpen. Maar binnenkort krijgen we hem niet meer uit ons huis.'

'Misschien is hij graag bij jullie.'

'Hou op!'

Matti had spijt dat hij Drika op sleeptouw had genomen. Als ze de hele tocht vervelende vragen ging stellen, was hij nooit op tijd terug. En trouwens, al wilde Jarno zo graag bij hen zijn, dan nog had hij niet het recht om vaders vissen dood te maken.

'Zal hij ons verraden als hij terug is op het feest?' vroeg Drika.

'Natuurlijk!' zei Matti. Een bus met parfumreclame op de zijkant reed gevaarlijk hard voorbij. 'Jarno zal zeker klikken. Maar wat maakt dat uit?'

'Ze zullen ons in Winteroever staan opwachten. Hij, je mama en mijn ouders. Met de politie.'

'We hebben niets misdaan, toch?' Zijn woorden klonken norser dan hij het bedoeld had. 'Ik heb een vis gered. Daarvoor krijg je toch geen straf?'

'En je hebt Jarno's plan verpest, je hebt ingebroken in

99

het aquarium en je hebt mij gekidnapt.'

'Gekidnapt?'

'Je had me naar mijn ouders kunnen brengen.'

'Ja, dat had ik moeten doen!' Matti zette steeds grotere passen, Drika holde achter hem aan.

'Maar weet je,' riep ze, 'eigenlijk vind ik het best fijn om gekidnapt te zijn.'

'Doe niet zo belachelijk!' Matti trapte een ijspegel van een brievenbus. Hij zorgde al de hele nacht voor haar, en zij vond niets leukers dan hem te treiteren.

'Mijn stoere ontvoerder.'

'Hou op! Het was jouw idee, basta. En anders zoek je het maar alleen uit.'

'Dat valt me tegen van je, Spits. Me nog dumpen in de vrieskou ook?'

In een flits pakte Matti Drika bij de kraag. Brand of de andere jongens van zijn klas zou hij nu met een stomp in de sneeuw hebben geduwd. Hij mocht dan klein en tenger zijn, ze kregen niet eens de kans om hem te pesten. Drika staarde hem verschrikt aan. Hij liet haar weer los.

'Ik kan je hier niet achterlaten, dat weet je best. En niet omdat ik jou zo leuk vind, hoor...'

Drika dook weer weg in de kap van haar jas.

'Je bent al net zo'n nare jongen als die neef van je,' sneerde ze. 'Jullie lijken lief vanbuiten, maar daar houdt het dan ook mee op.'

Matti sjokte zwijgend voor Drika uit. Boven de daken lichtte het reclamebord van de meubelfabriek op dat hij vanaf de ijsweg had gezien. Er had nog nooit iemand tegen hem gezegd dat hij gemeen was. Ja, hij kon wel eens mopperen en dan zei moeder dat hij zijn mond moest houden. Maar een nare jongen?

Een groep mannen en vrouwen met vilten hoeden en lange jassen kwam hen tegemoet. Ze waren druk in gesprek over de theatervoorstelling die ze net hadden bezocht. Hun schoenen knerpten op het steengruis. Matti en Drika draaiden zich vlug naar het uitstalraam van een winkel met papierwaren.

'Sorry,' zei Matti. 'Ik wilde je niet...'

Achter de ruit grijnslachte een kartonnen haas. Hij had een plastic wortel in zijn bek en in zijn oogkassen waren rode lampjes gemonteerd die voortdurend aan- en uitflitsten.

Drika hield haar hoofd schuin om de lichtjes beter te kunnen zien. Toen zuchtte ze.

'Ik heb je niet alles gezegd,' zei ze.

'Wat bedoel je?'

'Over mijn ogen. Ik word langzaam blind.'

'Echt blind?'

'Pikdonker.'

'Je ogen zijn stukgeprikt in het bos. Dat heb je me zelf verteld!'

'Je moet niet alles geloven wat ik zeg. Het is begonnen toen ik acht was, na die vakantie bij de Bramenheuvel. En het wordt almaar erger.'

'Hoe lang duurt het nog?'

'Een paar jaar, zeggen de dokters. Misschien wat langer als ik héél voorzichtig ben en mijn ogen spaar.'

De winkelpanden en herenhuizen maakten plaats voor de opslagloodsen van de havenbuurt. Als ze nu rechts de hoek om gingen, kwamen ze uit aan de loskade en de barak van de havenpolitie.

Matti bleef rechtdoor lopen. Ze werd langzaam blind. Het klonk vreselijk! Hij vond het jammer dat het geen sprookje was en dat ze niet echt was vastgeraakt in de braamstruiken. Niets gebeurde zomaar in sprookjes. Alles had er een échte reden. In sprookjes werden mensen niet vanzelf ziek of verdrietig. Wat zou hij graag weten waarom zijn vader zo somber was geworden. Hij wilde dat vader hem de plek kon aanwijzen waar het allemaal fout was gegaan. Waar hij vast was komen te zitten in de stekels. En welke takken Matti los moest knippen om hem te bevrijden.

'En toch snap ik het niet,' zei hij.

'Wat?'

'Dat jij dan zo nodig in deze kou het meer wil oversteken. Waarom ga je in de zomer niet gewoon met de bus?'

'Mama zou me nooit alleen laten gaan.'

'Ze zag er heel ongerust uit,' zei Matti. Hij dacht weer aan de roepende vrouw met de skibril die hij uit het raampje van de auto had zien hangen. Waarom ging Drika voor haar ouders op de loop als die net zo bezorgd om haar waren?

'Ze is altijd ongerust,' zei ze. 'Sinds ze weet dat ik mijn ogen moet sparen is ze zo vreselijk voorzichtig dat ik er ziek van word. Ze helpt me uit bed, kamt mijn haar, loopt mee naar school en weer terug. En papa is al even erg: hij komt naast me zitten als ik mijn huiswerk maak en wacht op de rand van het bed tot ik in slaap ben gevallen.'

'Echt waar?' zei Matti. Zijn vader was het hele schooljaar nog niet één keer naast hem komen zitten als hij huiswerk maakte.

'Ik ben twaalf, Matti. En ik heb mijn buik vol van voorzichtig!'

'Het is hier levensgevaarlijk. Je had dood kunnen vriezen als ik je niet had meegenomen.'

Drika haalde haar schouders op. Ze zag er ineens een paar jaar ouder oud uit.

'Oké dan,' zei ze droogjes. 'Als je het echt wil weten: volgende week word ik geopereerd.'

'Geopereerd?'

'Met een nieuwe techniek. Ik ben proefkonijn.'

'En dan kun je weer gewoon zien?'

'Misschien. Als het lukt. Er is vijftig procent kans dat het misgaat, zegt de dokter. En dan ben ik van de ene dag op de andere stekeblind.'

'Het zal niet mislukken,' zei Matti.

'Nee,' zei Drika. 'Vast niet. Maar ik wil nog één keer de Bramenheuvel zien, nu ik er zeker van ben dat ik dat nog een heel klein beetje kan.'

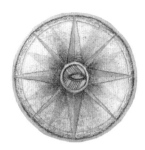

Aan de rand van het meer was een parkje met huizen-hoge dennenbomen en een kiosk waar op zomerdagen fanfares speelden. Er stonden beelden van ruiters te paard en iemand had een grote sneeuwpop gemaakt. Op het flauwe schijnsel van de lantaarns na was het er hele-maal donker. In de sneeuw waren paadjes geruimd om tot aan de rand van het meer te komen. Matti wilde hier de ijsvlakte op lopen, zodat ze niet nog eens langs het gebouw van de havenpolitie hoefden.

De open sterrenhemel was weer bedekt met een dikke wolkenlaag. Poedervlokken werden over Matti en Drika uitgestrooid. Bij iedere stap op het bevroren meer zak-ten hun laarzen dieper in de sneeuw. Drika had moeite om vooruit te komen en klampte zich aan Matti vast.

'Weet je wat?' zei ze tussen twee puffen door.

'Nee,' zei Matti en hij wist niet of hij zin had om wat dan ook nog van haar te weten te komen.

'Eigenlijk mag ik je wel.'

Matti hief zijn voeten zo hoog op als hij kon. De sneeuw zakte langs de bovenkant zijn laarzen in.

'Waarom?' vroeg hij.

'Zomaar,' antwoordde Drika. 'Mag dat?'

Ver achter hen reed een goederentrein het station binnen. Het geratel bleef even hangen in de toppen van de dennenbomen, maar zweefde dan met de sneeuwvlokken naar de grond.

'Misschien,' zei Matti. 'Je zegt van die rare dingen. Ik praat daar nooit over.'

Hij dacht aan hoe vaak hij voor de bank in de woonkamer had gestaan en niet wist wat hij moest zeggen. Vader lag naar de televisie te staren en hij staarde op zijn beurt naar de knokige mannenrug. 'Genegenheid is het beste medicijn,' had de juf op school eens gezegd. Maar bij een medicijn hoorde een voorschrift, een briefje met de juiste dosering en hoe je het toe moest dienen. Hij had wel genoeg medicijn, maar hoe gaf hij het aan zijn vader als die het niet wilde slikken?

'Ook goed,' zei Drika. 'Dan zwijg ik wel dat ik je eigenlijk graag mag.'

Het lopen in de diepe sneeuw ging steeds moeizamer. Matti's horloge gaf drie voor elf aan. In dit tempo bereikten ze de overkant niet voor de ochtend. Als Drika het zo lang volhield. Ze moesten zo snel mogelijk weer op de ijsweg geraken. Daarom besloot hij toch een bocht naar rechts te maken.

Bij de barak van de havenpolitie stond een enorme trekker met twee aanhangwagens. Matti had nog nooit zo'n groot gevaarte op het ijs gezien. Ze wachtten tot de vrachtwagen uit het zicht was verdwenen en stapten dan verder tot aan de ijsweg. Daar volgden ze het bandenspoor richting Winteroever.

'Papa is een poolvis,' zei Matti na een tijdje. Het idee schoot hem te binnen. Hij had er niet eens over nagedacht.

Drika keek hem spottend aan.

'Een wát?'

'Een poolvis die in het ijs is vastgevroren.'

'Je zegt maar wat.' Ze likte de sneeuw van haar lippen.

'Nee, echt.'

'O, dus je papa is een bevroren vis?' Een hoog gekir bleef steken in haar keel, alsof ze twijfelde of ze wel of niet mocht lachen. 'En als de lente komt, gaat hij smelten?'

Het sneeuwde steeds harder. Matti duwde de kleppen van zijn muts dicht tegen zijn oren.

'Vissen smelten niet,' zei hij. 'Als iets smelt is het voorgoed weg. Een vis ontdooit en is er nog.'

'Maar hij is morsdood.'

'Een kempvis wel, ja. Die sterft meteen van de kou. Maar poolvissen niet. Ze maken een soort antivries aan waardoor ze in leven blijven.'

'Antiwat?'

'Een spul dat ervoor zorgt dat hun bloed niet bevriest, zelfs al zitten ze vast in het ijs.'

'En als dat ijs smelt, zwemmen ze gewoon weer verder?'

'Zoiets, ja,' zei Matti. Hij voelde zich op een vreemde manier opgelucht. 'Als ze genoeg antivries hebben, tenminste.'

De sneeuw viel nu in dikke pakken uit de lucht. De ijsweg liep dood op een ondoordringbare muur van vlokken. Ver achter hen, tussen de hoge dennen in het park, riep een uil. Zijn uithalen buitelden over het meer.

'Oehoe, oehoe!' deed Drika hem na.

Matti schrok ervan, maar ook hij kon het niet laten.

'Woehoe, woehoehoe!'

Op de een of andere manier vonden ze dat allebei vreselijk grappig. Eerst proestte Drika het uit en bij de volgende 'oewoehoe!' kon ook Matti het niet meer houden. Ze tuitten hun lippen en trokken een uilengezicht. Ze schaterden en oehoeden alle spanning van de voorbije uren eruit. En van de uren die voorafgingen aan hun ontmoeting. De dagen van voorbereiding en wachten, de frustratie ook en het gemis aan iemand die hen kon begrijpen. Matti gierde om de bevroren poolvis thuis op de bank, de indringer met zijn brommertje en zijn moeder die troost zocht bij een trucker. En Drika schreeuwde met haar uilenroep de gevangenis aan stukken waar ze de afgelopen jaren in had vertoefd, haar verdomde ogen en de tentakels van haar ouders, die haar al die tijd uit voorzichtigheid hadden vastgehouden.

Zelfs toen ze in hun herwonnen vrolijkheid onderuitgingen op het ijs, bleven ze lachen, nog lang nadat de uil was opgevlogen.

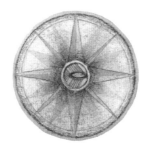

Er klonk een dof geroffel diep onder de ijslaag die het meer bedekte. Even leek het of het ijs weer zou gaan zingen, maar het geluid was onheilspellender. Matti voelde het langs het rubber van zijn sneeuwlaarzen omhoogtrekken.

'Je moet op je tenen lopen,' zei hij. 'Je moet je zo licht mogelijk maken.'

Drika kon niet over het ijs zweven zoals hij. Ze had een stok en een pijnlijke voet. Zodra ze op haar tenen liep, verloor ze het evenwicht.

Het gerommel werd heviger en ging over in aanrollend gedonder, zoals Matti dat zo vaak achter de heuvels had gehoord net voor een onweer losbarstte boven Winteroever. Maar het was geen donder en er zou ook geen onweer volgen.

'We mogen elkaar niet loslaten,' zei hij tegen Drika. 'Wat er ook gebeurt.'

'Denk je dat het ijs zal breken?'

'Het is al begonnen.' Matti stopte en maakte zijn broekriem los. Hij trok hem uit de lussen en liet hem door de lucht zwieren. Toen knoopte hij één uiteinde aan Drika's jas. Het andere gespte hij aan zichzelf vast.

'Zo kun je me niet verliezen,' zei hij.

Met de aanhoudende sneeuw was het onmogelijk om voor- of achteruit te kijken. En het geluid leek niet van één kant te komen, maar van overal tegelijk.

'Ik wil niet dood,' bibberde Drika.

'Nee,' zei Matti. 'Om nu nog dood te gaan zijn we al te lang onderweg.'

De volgende tien minuten zeiden ze geen woord. Drika hield de riem stevig vast. Het gedonder nam af in sterkte, alsof het langs een afvoerputje op de bodem van het meer werd weggezogen. Daarna kwam het weer in alle hevigheid opzetten. Matti neuriede opnieuw.

Even werd alles stil onder het wateroppervlak. De sneeuw ruiste als tevoren. Drika gaf een rukje aan de riem.

'Is het voorbij?' vroeg ze.

'Misschien,' zei Matti.

'Ik wil hier weg.'

'Ik ook.'

'Het is allemaal mijn schuld. Zonder mij was je allang weer thuis geweest, of danste je nu met een of ander leuk meisje op het feest.' Drika gaf hem een knipoog zonder hem aan te kijken.

'Ik kan niet dansen,' zei Matti.

'Je zou het kunnen leren,' zei Drika.

'Hou op. We moeten verder.'

Alles was wit. En in dat ondoordringbare wit klonk er een gekraak als van een bliksem die een boomtop doorklieft. Matti en Drika bleven één tel verschrikt staan en stoven toen weg. Ze joegen zichzelf door de sneeuw, almaar vooruit. Als Drika het moeilijk kreeg, sleurde Matti haar voort aan de riem. Hij wist dat het geen zin had om als dwazen te hollen als de ijsweg echt zou barsten.

Maar het gaf hem tenminste het gevoel dat ze iéts deden.

Drika ademde zwaar en Matti hijgde als een sledehond. Maar opgeven wilde hij niet. Op sommige plekken konden ze de bodem onder hun voeten voelen bewegen. Alsof ze op het dek van een schip liepen dat op en neer deinde. Maar het was geen schip en ze hadden ook geen reddingsbootje om hen hier weg te halen, als de hele ijsvlakte zou openbarsten.

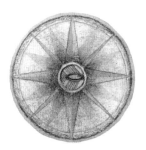

Er stond water op het ijs. Matti hield Drika tegen. Het was aardedonker en door de hevige sneeuwval konden ze amper twee meter voor zich uit kijken. Matti grabbelde zijn zaklantaarn uit de tas en knipte die aan. Een diepe scheur liep dwars over de ijsweg.

'Wat is er?' vroeg Drika. 'Ik hoor water.'

'Er zit een gat in het ijs,' stamelde Matti. 'En in dat gat...'

Ze maakten een grote bocht om het wak heen. Matti richtte zijn lamp op het reusachtige silhouet dat zichtbaar werd tussen de sneeuw. Het was een gevaarte van ijzer en zeildoek dat half in het gat verdween.

'De truck met de twee aanhangwagens,' stotterde hij. 'De achterste wagen is door het ijs gezakt.'

Voorzichtig stapten ze tot aan de voorkant van de vrachtwagen. De trekker met de oplegger stond nog op het droge. De motor draaide niet meer, maar de lampen brandden nog. Losgeslagen brokken ijs klotsten tegen de gezonken aanhangwagen aan.

'Zie je iemand?' vroeg Drika.

'Misschien in de cabine.' Matti maakte de riem los die hem met Drika verbond. Hij klom op het trapje en scheen met de lamp door de wazige zijruit.

111

'Daar ligt iemand.'

'Is hij dood?'

Matti rammelde aan de klink. Het portier zat niet op slot. Voor hem in de chauffeursstoel lag een zware man met zijn hoofd op het stuur. Er kleefde bloed op zijn jas.

'Meneer!' riep Matti. 'Kunt u mij horen?' Hij duwde zacht tegen de schouder van de vrachtrijder.

'En?' Drika trilde op haar benen.

'Hij is gewond.' Hij duwde nog wat harder, maar er kwam geen reactie.

'Hij kan daar zo niet blijven liggen,' zei Drika. 'Straks gaat de hele vrachtwagen de dieperik in.'

Matti probeerde de bewusteloze man uit de stoel te trekken, maar hij verroerde zich niet. Hij rukte aan zijn jas, zodat zijn hoofd wat werd opgetild. Hij kon nog net een dunne snor zien en een flinke schaafwonde op het voorhoofd. Zodra hij hem losliet, zakte de man ineen op het stuur. Daarop klom Matti naar buiten.

'We moeten de aanhangwagen loskoppelen!' riep Drika tussen de sneeuwvlagen door, 'vóór hij de oplegger mee het water in sleurt.'

'Weet jij dan hoe dat moet?' vroeg Matti. Hij had zelf bij het bos wel eens staan kijken hoe houthakkers hele boomstammen op vrachtauto's laadden. Soms mocht hij meerijden naar de zagerij buiten het dorp. Maar daar stopte zijn ervaring met tientonners.

'Misschien,' zei Drika.

Ze schuifelden voorzichtig van de cabine naar de achterkant van de oplegger. Matti scheen met de zaklamp op het chassis. Van dichtbij was de vrachtwagen kolossaal. De agent van de havenpolitie was gek dat hij hem op de ijsweg had toegelaten.

'Zie je de vangkuilkoppeling?' vroeg Drika. Ze stonden tussen de twee aanhangwagens in.

'De wat?' Matti keek haar verbaasd aan. Wat wist zo'n stadsmeisje van vrachtwagens?

'Het lijkt op een opengesperde muil.'

Matti scheen op de koppeling waar de volgwagen aan de oplegger was vastgemaakt. Drika had gelijk, de trekstang verdween als een prooi in een ijzeren muil.

'Aha, dat bedoel je.' Hij zette zijn voet op een bumper en hees zich op de stang. Het ijskoude staal leek door zijn wanten te snijden.

'Vergeet de aansluitingen voor elektriciteit en lucht niet los te maken.'

Matti rukte en wrong aan de kabels, maar ze kwamen niet los. Hij stompte de veiligheidsklepjes open en trok alle toevoerslangen eruit.

'Check!' hijgde hij.

'En nu de grendel.'

Aan de bovenkant van de koppeling zat een hendel. Matti wrikte aan de pen die door het oog van de trekstang stak. Hij kreeg er geen beweging in.

'Hulp nodig?' Drika stond vlak achter hem en tikte met haar stok tegen zijn been.

'Hij zit muurvast.'

'Het lijkt me niet slim om op de trekstang te staan. Als de koppeling losschiet, rol je mee het water in.'

Matti liet zich op de grond zakken. Drika ging heel dicht achter hem staan en legde haar hand naast de zijne op de grendel.

'Zet je schrap,' zei ze.

Samen rukten ze zo hard ze konden aan de hendel. Onder hun voeten vertakte zich een web van barstjes.

De pin schoot los.

'Achteruit!' schreeuwde Matti.

De wielen van de aanhangwagen knarsten. Traag rolde hij een stukje verder. Drika gilde van opwinding. De wagen zakte steeds dieper het gat in.

Zodra ze er zeker van waren dat de oplegger niet zou volgen, renden ze weer naar de cabine. De chauffeur lag nog steeds bewegingsloos over het stuur.

Drika bukte zich, raapte wat sneeuw van de grond.

'Probeer dit eens,' zei ze.

Matti perste de sneeuw samen en klom in de cabine. Met zijn vrije hand knoopte hij de sjaal van de bestuurder los en liet de sneeuw in zijn nek glijden.

'En?' riep Drika, alsof de man meteen overeind zou springen, zijn armen in de lucht zou steken en zich zou uitrekken als na een nare droom.

'Niets,' zei Matti.

'Bloedt hij nog?'

Matti keek naar de spatten op zijn forse buik.

'Nee,' zei hij. 'Het bloeden is gestopt.'

'Pak aan!' Drika prikte een sneeuwbal op het uiteinde van haar stok en stak hem in de lucht. 'We moeten blijven proberen.'

Matti drukte de sneeuwbal nog wat vaster aan en liet hem in de kraag van de truckchauffeur glijden.

Dit keer kwam er wel een reactie, en vlug. De man mepte tegen zijn nek. Matti donderde bijna van het trapje. De bestuurder vloekte en wreef kort over zijn hals en schouders. Hij tilde zijn hoofd van het stuur en keek verdwaasd door het openstaande portier naar buiten.

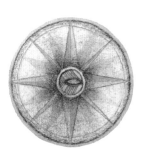

Het duurde enkele seconden voor de vrachtwagen-
chauffeur doorhad wat er precies aan de hand was. En
dat hij zo snel mogelijk uit de cabine moest komen. Hij
had gitzwarte ogen en er plakte bloed in zijn snorretje
dat aan de zijkanten speels omhoogkrulde. Eerst vloekte hij luid. Daarna liep hij behoedzaam met Matti en
Drika naar de plek waar ze de aanhangwagen hadden
losgekoppeld. De voorste wielen staken boven het water
uit.

'Terug!' riep hij zodra hij zich de ernst van de situatie
realiseerde. 'De trekker moet hier onmiddellijk weg.'

De gezette man klauterde snel weer in de cabine. Zodra hij op de bovenste trede stond, stak hij een arm uit.

'Instappen!' riep hij, terwijl hij de ruitenwissers aan-
zette en er een pak sneeuw voor hun voeten plofte.

Matti keek naar Drika. Winteroever was verborgen
achter de sneeuwmuur.

'Zijn jullie doof of wat?'

Matti zette een voet op het trapje. Drika kwam
schoorvoetend achter hem aan.

'We hebben geen keuze,' fluisterde hij. 'Straks barst
het hele meer open.'

Aarzelend klommen ze omhoog. De man liet hen

passeren en kroop daarna zelf weer achter het stuur. Hij draaide de sleutel in het contact. Met veel herrie kwam de vrachtauto in beweging. Langzaam rolden ze weg van het gat in het ijs. De trucker depte met een zakdoek het bloed van zijn voorhoofd en snor. Op de radio speelde een ongepast vrolijk lied.

Na een honderdtal meter pakte de man een mobiele telefoon en toetste een nummer in. Matti herkende de lage stem van de havenpolitieman.

Dat er iets vreselijks was gebeurd, zei de chauffeur. En dat de ijsweg volledig moest worden afgesloten. Pas toen hij de verbinding had verbroken en niets over zijn onverwachte passagiers had gezegd, durfde Matti weer gewoon adem te halen.

'Ik moet jullie bedanken,' zei de man nadat ze een stukje zwijgend waren verder gereden. De rust op het meer was teruggekeerd. 'Zonder jullie zat ik nu misschien onder het ijs.'

'Drika wist hoe je de wagen los moet maken,' zei Matti.

'Jij?' De man bekeek het meisje naast hem van top tot teen. Ze had haar bril afgezet en wreef met haar want de glazen schoon. 'Waar heb je dat geleerd?'

'Modelbouw,' zei Drika. 'Mijn vader maakt vrachtwagens niet groter dan een banaan. En ik heb fijne vingers. Daarom help ik hem om de kleinste stukjes in elkaar te zetten.'

'Zoals een vangkuilkoppeling?' vroeg Matti.

'Ja, maar om de grendel los te maken, heb je wel een pincet nodig.'

De trucker glimlachte, de punten van zijn snor krulden omhoog.

'Sebastian,' zei hij terwijl hij de verwarming wat hoger zette.

'Matti,' zei Matti en hij voelde zijn verkleumde handen tintelen.

'Wat gaat u nu doen?' vroeg Drika.

'De aanhangwagen moet vanaf de bovenkant worden leeggehaald. En misschien, als het ijs rondom sterk genoeg is, kan hij nog uit het water worden getakeld.' Sebastian sprak op een toon alsof hij dit al vaker had meegemaakt.

'Wat zit erin?' vroeg Matti.

'Conserven,' zei Sebastian. 'Tomaten in blik, erwtjes en artisjokken. En heel veel worstjes.'

Ze luisterden samen naar het ritmische op en neer zwiepen van de ruitenwissers.

Het was half twaalf. Jarno had gezegd dat het vissengevecht om middernacht zou beginnen. De vrachtwagen reed langzaam, maar ze kwamen nog altijd veel sneller vooruit dan wanneer ze de tocht te voet hadden voortgezet. Misschien waren ze nu toch nog op tijd. Al wist Matti niet of hij daar droef, blij of boos om moest zijn. Het gruwelijke beeld van vaders vissen die elkaar afslachtten, wilde hij zichzelf liever besparen.

'En jullie?' zei Sebastian opeens, alsof hij nu pas begreep dat het niet helemaal normaal was dat hij midden op het meer twee kinderen was tegengekomen. 'Ook problemen?'

'Ja,' grinnikte Matti. 'Problemen hebben we genoeg.'

'Daar kunt u een hele oplegger mee vullen,' zei Drika, en ze kon haar lach nauwelijks inhouden.

'Hmm.' De man boog zich hun kant uit. 'Hoe oud zijn jullie eigenlijk?'

'Twaalf,' zei Matti.

'En waar wonen jullie?'

'Winteroever,' zei Matti en Drika wees op haar beurt in de richting van de stad.

'Jij hebt een stok.' Sebastian wreef zijn snor tot een strakke streep.

'Ik ben niet blind,' zei Drika.

'Ik heb zelf drie kinderen, waarvan eentje niet veel ouder dan jullie. Ik zou hem nooit alleen het ijs op laten gaan. Weten jullie ouders hiervan?'

Matti tuurde uit het raampje naar de opvliegende sneeuw.

'Nee,' zei Drika.

'Nee?' Sebastians tanden knarsten.

'En als er iets héél belangrijks was?' vroeg Matti. 'Zou u uw zoon dan laten gaan?'

'Belangrijk voor wie?'

'Voor hem. En voor zijn vader, ook al weet die dat misschien zelf nog niet.'

Sebastian kuchte even en haalde uit het handschoenenkastje een rolletje pepermunt tevoorschijn.

'Oké,' zei hij. 'Jullie hebben me gered. Ik zal geen vragen meer stellen. Maar jullie rijden wel mee tot het dorp. Geen sprake van dat ik jullie op het meer achterlaat.' Hij scheurde het papier van de pepermuntjes los en stak het rolletje hun kant uit.

Matti en Drika zogen zo hard op het snoepje dat verder praten onmogelijk werd.

Ze reden langs de plek waar Matti Drika had gevonden. Of ongeveer, want hun sporen waren allang weer uitgewist door de sneeuw. Matti zocht naar de plekken waar hij zich voor de vrachtauto's had verstopt. Vanuit de cabine kon je makkelijk over de sneeuwranden kijken, merkte hij. Als je zo hoog zat, leken het maar lange molshopen.

'Ze zijn al begonnen!' zei Sebastian plotseling.

Hij knipte de schijnwerpers boven op de cabine uit. Nu zag Matti tussen de vlokken een gloed aan het einde van de ijsweg. De feestverlichting in Winteroever. Sebastian draaide de radio zachter. In de verte klonk geknal.

'Daar!' riep hij opgewonden.

Hoog boven het dorp schoot een vuurpijl door de lucht. Een roze bol veranderde in een openspattende bloem.

'Wat gebeurt er?' Drika stompte Matti tegen de bovenarm.

'Vuurwerk,' zei hij.

'Hoe ziet het eruit?'

Matti keek naar de hemel boven Winteroever. Drie pijlen flitsten door de lucht.

'Lichtstrepen van straaljagers,' zei hij.

Er volgde een reeks korte knallen.

'Korenbloemen. Duizenden blaadjes die allemaal tegelijk loslaten. Het rood van klaprozen en pluizenbollen die worden weggeblazen in de wind.'

'Wow!'

Sebastian begreep er niets van, maar Matti ratelde door: 'Denk aan de sterrenhemel boven de Bramenheuvel, maar dan vol bloemen.'

Drika had zijn hand gepakt. De ene na de andere vuurpijl ging de lucht in.

'Stralen,' zei hij. 'Een fontein van licht. Indigoblauw, vermiljoenrood, zeegroen en paars.'

'Net als Sirius?' vroeg Drika.

'Ja,' zei Matti. 'Met opgezette vinnen. Klaar voor het laatste gevecht.'

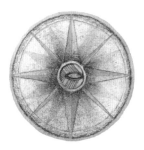

Het feest was volop aan de gang toen de truck Winteroever binnenreed. Langs het meer stonden tientallen
vrachtwagens geparkeerd. Matti herkende de lachende
dame van de frisdrankreclame. Iemand had met sneeuw
een baard onder haar kin geplakt. Dronken mensen
zwierden zingend over het marktplein. Vuurpijlen knal-
den en overal brandden kleurrijke lampjes.

Naast de steiger stond een politiejeep hen op te wachten. Twee mannen staken een hand in de lucht om hen
te laten stoppen. Ze droegen leren handschoenen, een
blauwe uniformjas en een pet met een zilveren biesje.
Sebastian reed hun kant uit.

Matti schoof een stukje op naar Drika.

'Zwaailichten,' fluisterde hij.

'Bukken!' Ze liet haar stok op de vloer van de cabine
kletteren. Allebei bogen ze zich voorover en deden alsof
ze de stok wilden grijpen, maar er net niet bij konden
komen.

'Zijn jullie zo bang voor politie?' vroeg Sebastian terwijl de vrachtwagen vertraagde.

'Gaat u ons verklikken?' Matti deed zijn best om zich
zo klein mogelijk te maken. 'We moeten dringend verder. Echt.'

'Ze zullen me vragen wat er precies is gebeurd. En jullie hebben me geholpen, dat kan ik niet verzwijgen.' De trekker kwam schokkend tot stilstand.

'Straks gaan we naar huis, beloofd,' zei Drika poeslief. 'Maar eerst hebben we nog iets anders te doen.'

'Iets heel belangrijks, bedoel je?' Sebastian wreef bedenkelijk over zijn snor. 'Goed dan,' zei hij. 'Ik hou hen wel aan de praat.'

Daarop sloeg hij het portier open en klom uit de cabine. De agenten kwamen meteen naar hem toe.

'Nu!' fluisterde Matti. Voorzichtig opende hij de passagiersdeur aan de andere kant. Drika kroop achter hem aan naar beneden.

Ze stonden in de sneeuw, met enkel de oplegger tussen hen en de politie in. De agenten praatten luid en vuurden een salvo van vragen af. Sebastian antwoordde afgemeten, alsof ieder woord hem moeite kostte.

'Niet treuzelen,' siste Drika met haar sjaal voor de mond.

Ze renden naar de aanlegsteiger. Onder de loopplank was een holte die door de opgewaaide sneeuw aan het zicht was onttrokken.

'Hier zijn we veilig,' zei Matti en ze doken de schuilplaats in. Een laatste vuurpijl kleurde de sneeuw gifgroen.

Matti keek met één oog door een spleet tussen de planken. Een groepje feestgangers dat naar het vuurwerk had staan kijken, kwam op de zwaailichten af. Hij herkende de schooldirecteur met zijn groteske rode eskimojas, de ouders van Brand, de kassière van de supermarkt en ook meneer Niklas was erbij. Als die hoorde van het gat in het ijs, zou hij het verhaal van zijn grootvader en de paardenslee vannacht vast nog honderd keer herhalen.

Even later klonk een sirene. De twee sneeuwscooters die Matti ook vanochtend had gezien, stoven uit een zijstraat het plein op. Ze werden gevolgd door een kraanwagen op rupsbanden.

Het duurde niet lang of Sebastians truck was omringd door drommen nieuwsgierige mensen. Er werd druk overlegd wat er met de gezonken aanhanger moest gebeuren. Matti keek op zijn horloge. Het was vijf over twaalf.

'Het gevecht is vast al aan de gang,' fluisterde hij tegen Drika. 'We moeten er meteen naartoe.'

'En daarna naar de Bramenheuvel, dat heb je me beloofd!'

Matti kroop door het gat uit hun schuilplaats. Niemand keek hun kant op. Ook de havenpolitie had enkel oog voor de kraanwagen. Sebastian had woord gehouden.

Voor de ingang van café De Windroos stonden vuurkorven. Op de deur prijkten Jarno's handgeschreven affiches: KOMT DAT ZIEN! GROOT VISSENGEVECHT. Matti werd er misselijk van.

Drika trok de kap van haar jas ver over haar gezicht.

'Als ze ons nu herkennen, komen we nooit bij de Bramenheuvel,' zei ze.

Binnen rook het naar geroosterde vis en pannenkoeken. Het was er erg druk en iedereen praatte luid om boven het rumoer uit te komen. Er speelde een walsmuziekje. Vrachtrijders dronken warme wijn alsof het frisdrank was. Hier en daar waagde iemand zich aan een dansje.

De gezelligheid bracht Matti in de war. Hij voelde zich plomp met al die kleren aan en het zweet brak hem uit. Hij speurde rond, maar Jarno en de vissen zag hij niet. Harald, de pezige trucker van twee meter lang met wie moeder vorig jaar had gedanst, zat aan de andere kant van het café op een barkruk. Moeder zelf was nergens te bekennen.

Hup twee drie, een stelletje smeedde de handen ineen en walste het café door. Tafeltjes werden aan de kant geschoven en Harald klapte in zijn reuzenhanden op de maat van de muziek.

Hup twee drie en hup twee drie.

'Wat gebeurt er?' vroeg Drika.

De muziek versnelde.

Hup en hup en hup!

'Ze dansen,' zei Matti. 'Alsof er niets aan de hand is.'

Toen zag Matti de dubbele deur achter in het café. Boven de opening hing een groot vel papier. Iemand had er slordig twee vechtende vissen op getekend. Wellicht was het Jarno's bedoeling om betta's te tekenen, maar ze leken nergens op. Ze grijnsden kwaadaardig en op hun rug hadden ze wel drie vinnen, die meer deden denken aan de hangende manen van een pony dan aan een kempvis.

'Daar zijn de vissen!' riep hij en sleurde Drika achter zich aan naar het achterzaaltje. 'We moeten Jarno tegenhouden!'

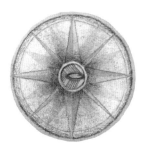

Als kempvissen vechten, sperren ze hun kieuwen open. Met de borstvinnen gestrekt draaien ze in cirkels rond elkaar. De rugvinnen worden opgezet, hun keelzak vult zich en hun staart zwiept heen en weer. Ze happen naar elkaar, stijgen zij aan zij naar het wateroppervlak en zwemmen weer uiteen. Algauw ontstaan er scheuren in de staartvin. De ene vis bijt in de nek van de andere. Schubben dwarrelen als stukjes zilverpapier naar beneden. De vissen wentelen zich om hun as, laten zich wat zinken en jagen elkaar dan weer pijlsnel achterna. Als niemand ingrijpt, duurt het niet lang of de verliezer zakt dood naar de bodem van de kom.

De glazen potten stonden op een hoge toonbank in het achterzaaltje. Op een tafeltje lagen moeders pruimentaartjes uitgestald, maar zijzelf was er niet. Pia met de bolle wangen had haar bakkersschort verruild voor een bloemenjurkje. Ze was druk in gesprek met de postbode en de scheepshersteller over welke vis het meeste vuur, agressie én overlevingskansen had. De kale man van het boekhoudkantoor boven het café bestudeerde aandachtig de briefjes bij iedere pot. Daarop had Jarno genoteerd wie er op welke vis geld had ingezet. In het midden stond een tafel met de twee plastic slakommen die als arena dienst moesten doen. De gemoederen waren verhit, het gevecht kon nu ieder moment van start gaan.

'Kijk eens wie we daar hebben!' riep Jarno, terwijl hij Matti's muts van zijn hoofd trok. 'Onze vissenverzorger is eindelijk aangekomen!'

Matti voelde het ijs in zijn wenkbrauwen smelten.

'Het gevecht gaat niet door,' zei hij, veel minder beslist dan hij het zich had voorgenomen.

Jarno grijnsde. Hij krabde even over zijn kin, alsof hij een stoppelbaardje had, zoals zoveel mannen in het café. Toen wees hij naar Drika.

'Ik dacht dat Spits je naar huis zou brengen, liefje. Was er niemand thuis?'

Drika maakte zich los.

'Ik ben geen liefje,' zei ze. Haar stok hupte over de tegels.

Jarno loodste Matti naar het midden van het zaaltje. Steeds meer mensen kwamen binnen en gingen in een boog om de tafel met de kommen staan. Ook Harald was erbij. Hij stak een kop boven de anderen uit en leek meer oog te hebben voor Pia dan voor de vissen. Drika zocht beschutting naast de toog waar de potten waren opgesteld.

'Aandacht! Aandacht alstublieft!' riep Jarno boven de drukte uit.

Matti kon hem wel slaan, maar zijn armen waren aan zijn lijf geplakt.

'Het vissengevecht gaat niet door!' schreeuwde hij zo hard hij kon.

Niet de vissen, maar Matti en Jarno stonden nu tegenover elkaar in de arena. Twee neven die in niets op elkaar leken, behalve hun lange wimpers misschien.

Ze waren omringd door verweerde gezichten, vrouwen met te veel make-up en mannen met borstelige wenkbrauwen. Matti kon hen horen denken: daar heb je dat spichtige kind van de glasramenmaker. Er wordt gezegd dat zijn vader sinds vorig jaar niet één keer de deur uit is geweest. En zijn moeder, dat arme mens, heeft vast geen cent meer om alle rekeningen te betalen.

'Tuurlijk gaan ze vechten,' zei Jarno. Hij beende naar de rij potten. 'Spits maakte maar een grapje. Het is tijd voor de eerste wedstrijd.' Hij tilde een lichtblauwe kempvis op met een lange sluierstaart en wilde nog een andere pot met een kleinere, rood glimmende vis pakken.

Matti vloog naar voor en ging tussen Jarno en de vissen in staan. Hij rechtte zijn rug en zette zijn handen in zijn zij. Het zweet prikte in zijn ogen.

'Aha, je wordt echt boos,' zei Jarno.

'Ga toch weg, kleine!' riep een man met een haakneus. Matti had hem wel eens bij de dokter gezien. Hij moest toen zo hard hoesten dat hij zich bijna binnenstebuiten keerde. 'Een vissengevecht is niets voor jongetjes als jij.'

Matti werd rood. Als hij kieuwen had gehad, stonden ze nu wijd open.

'We hebben ervoor betaald!' riep de kale boekhouder met een veel te hoog stemmetje voor een man van zijn formaat. 'En dus moeten ze vechten.'

Jarno duwde Matti met zijn elleboog opzij en pakte de pot met de rode vis. Hij liep met de twee kempvissen naar de tafel waar de slakommen stonden. Iedere kom was tot de helft met water gevuld. Ernaast lag een schepnetje om de vissen er weer uit te vangen. De postbode klapte enthousiast in zijn handen.

Met drie sprongen was Matti bij de tafel. In één beweging maaide hij de kommen omver. Ze kletterden op de grond.

'Idioot!' riep Jarno. Het water droop van zijn gezicht.

Matti zette een stap terug. Jarno knikte naar de man met de haakneus en duwde hem de potten in handen. Hij balde zijn vuisten. Ze cirkelden als krijgers om elkaar heen.

'Laat je niet inmaken, Spits!' riep Pia en ze knipoogde. 'Je krijgt de hele week verse kaneelbroodjes als je wint!'

Matti zocht Drika, maar ze was achter de omstanders verdwenen. Snel deed hij zijn jas uit en gooide zijn sjaal op de grond.

'Ik zet een briefje van vijf in op dat joch van de ramenmaker,' grapte de man die de vissen vasthield en hij grijnsde zijn scheve tanden bloot.

'En ik geef tien voor de grote,' zei de scheepshersteller.

De twee jongens zwiepten met hun armen alsof het vinnen waren. Jarno's vossenkop keek Matti strak aan, klaar om te bijten.

'Ik verdubbel de inzet,' schaterde Pia. Haar volle wangen deinden op en neer. 'Moet je zien hoe schattig stoer die kleine Spits is.'

Op dat moment ontplofte Matti. Alle spanning die zich de voorbije dagen had opgehoopt, gulpte naar buiten. Hij trapte het tafeltje opzij waarop de kommen hadden gestaan en stormde op Jarno af. Met zijn volle hand mepte hij hem op de borst. En nog voor zijn neef had kunnen reageren, volgden er een tweede en een derde dreun. De toeschouwers joelden. Jarno wankelde even, maar vermande zich en greep Matti bij de pols. Daarop kreeg hij een venijnige trap tegen zijn schenen. Matti rukte zich los en bleef zijn tegenstander slaan. De boekhouder gilde nog hoger.

'Goed zo, kleintje!' werd er geroepen. Maar ook: 'Geef hem ervan langs, Jarno!'

En Matti kreeg ervan langs. Jarno had hem met beide armen vastgegrepen en van de grond getild. Hoe hard hij ook trapte, zijn lompe sneeuwlaarzen raakten enkel lucht.

Een echte kempvis zou nu bijten, dacht hij in een flits. Met open bek naar de kwetsbare plekken tussen de schubben zoeken. Het rood onder de kieuwen. Het zachtere vel in de nek.

Maar Matti kreeg niet de kans om te bijten. Opeens liet Jarno hem los. Hij smakte met een harde klap op de grond.

Alles viel stil. De walsmuziek in het café, het gerinkel van bierglazen en het geklak van dansschoenen, het geroddel en gejoel van het publiek. Matti lag op zijn rug en zag de mensen boven hem uit elkaar wijken. Ook Jarno zette een stap achteruit.

'Wat is er hier aan de hand?' riep een vrouwenstem boven het tumult uit.

Moeder wrong zich tussen de toeschouwers door naar het midden van de arena. De gele omslagdoek hing slordig over haar schouder.

'Jarno wat moet dit? Matti!'

'Laat hen toch!' gromde de man met de haakneus.

'Het was een prima gevecht.' Moeder schroeide zijn mond dicht met haar blik.

'Spits wilde de vissenkamp tegenhouden,' zei Jarno. Er zaten natte vlekken op zijn spijkerbroek en er liep een schram van zijn wang tot aan zijn oor.

'En daarom heb jij hem op de grond gegooid?'

'Hij was het die...'

'Hoe durf je! Matti is nog een kind.'

Moeder liet zich naast Matti op haar knieën zakken. Hij staarde naar de tegels van de cafévloer. Met een vinger veegde ze het ijswater uit zijn gezicht.

'Waar ben jij in godsnaam de hele avond geweest?' vroeg ze. 'Je had gezegd dat je thuis zou blijven. Papa heeft je niet eens horen vertrekken.'

'Buiten,' zei Matti.

'Jarno heeft het hele dorp afgezocht naar jou.'

Matti aarzelde. Had Jarno dan echt niets tegen moeder gezegd over de tocht over de ijsweg? Over hoe hij hem achterna was gegaan en was gevolgd tot in de stad?

'Op het ijs.'

'Dus toch...' Ze tilde zijn kin wat op, zodat hij haar wel aan moest kijken. Matti schrok van de ernst in haar blik. Van de vrolijkheid van die ochtend was niets meer te merken.

'Er staan politieagenten en een ambulance bij de steiger. Er is een vrachtwagen door het ijs gezakt, wist je dat? Ik ben op de oever gaan kijken, maar je was nergens te vinden.'

Daarop hielp moeder hem overeind. Hij stond oog in oog met Jarno, die zijn haren weer strak naar achteren had gestreken. Matti begreep er niets van. Waarom had Jarno gezwegen?

'Sirius is nu in de stad,' zei hij. 'Hij krijgt een eigen bak in het aquarium van de universiteit. Als papa weer beter is, kunnen we hem samen gaan bezoeken.'

Jarno kneep de lippen samen. Zijn ogen bliksemden, maar hij zei niets.

'Bedoel je dat je helemaal alleen over de ijsweg bent gelopen?' zei moeder. 'En dat voor één vis? Waarom...?'

Matti sloot zijn ogen. De glazen rinkelden weer, hij herkende de brom van de postbode en het gepiep van de boekhouder, er werd gekibbeld en mannen riepen Jarno's naam. Ze hadden grof betaald voor het vissengevecht en eisten hun inleg meteen terug.

'Ik moest het wel doen,' prevelde hij. 'Iemand moest iéts doen.'

Moeder wreef met een punt van haar omslagdoek over haar natte ogen. Matti tuurde naar de neuzen van zijn laarzen. In het licht van het café zagen ze er lachwekkend groot uit. Moeder legde haar hand zacht in zijn nek.

'Jij geeft nooit op, hè?' zei ze.

Hij liet zijn hoofd tegen haar borst zakken. Haar vingers wandelden van zijn nek naar zijn kruin. En deze keer trok hij zich niet los.

Jarno nam de potten over van de man die ze al die tijd had vastgehouden en zette ze terug op de toog. De muziek in de ruimte ernaast speelde weer even vrolijk als daarnet.

Hup twee drie en hup twee drie.

Harald walste langs met Pia zingend in zijn armen. Moeder leek hem niet eens op te merken.

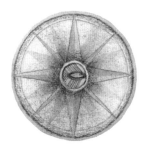

Het getik van Drika's stok was amper hoorbaar in het geroezemoes van het café. Matti zag nog net hoe ze naar de deur glipte.

'Het gaat wel weer,' zei hij gauw tegen moeder. Voorzichtig duwde hij haar hand van zich af.

'Ja,' antwoordde ze, alsof hij een vraag had gesteld. 'Nu gaat het weer.'

Matti raapte zijn jas en de tas van de grond.

'Ga je alweer weg?' Moeder had zwarte strepen mascara onder haar ogen.

'Ik heb een afspraak.'

'Een afspraak? Nu nog?'

Matti aarzelde even. Drika was al uit het zicht verdwenen. Hij moest haar meteen volgen.

'Je denkt toch niet dat ik je zomaar weer laat gaan?'

'Maak je maar niet ongerust!' probeerde hij moeder te sussen. 'Ik ben vast nog voor jullie thuis.'

Bij de kassa dromden de toeschouwers samen. Jarno liep opgejaagd langs de rij potten om de briefjes met de ingelegde bedragen te verzamelen.

Moeder schikte haar omslagdoek en keek Matti nog één keer doordringend aan.

'Beloofd?' vroeg ze.

'Beloofd!' riep hij en hij wurmde zich in de drukte naar de deur van het achterzaaltje.

Drika wachtte hem buiten op. Er waaide rook van de vuurkorven in hun gezicht. Aan de overkant van het plein stonden de politiescooters klaar om met de kraanwagen de ijsweg op te rijden.

'Dat was op het nippertje,' zei Drika.

'Zeg dat wel,' zei Matti. Hij knoopte zijn jas verder dicht en trok zijn wanten aan. De tas bengelde losjes aan zijn arm.

'Jullie zijn net kempvissen.'

'Hoezo?'

'Jij en Jarno. Je had het ook rustig kunnen uitpraten.'

'Hij was begonnen.'

'Echt?' Drika keek hem uitdagend aan.

'Heb je zijn gezicht gezien? Hij had me kunnen bijten toen hij hoorde dat Sirius nog leefde.'

'Hij heeft ons niet eens verraden,' zei Drika. 'Dus zo'n hufter is het niet.'

'Nee,' morde Matti, 'dat is waar. Maar daar heeft hij vast een reden voor.'

'Ja,' zei Drika. 'En nu: opschieten!'

Matti loodste haar een zijstraat in. Het was een smalle weg waar nauwelijks een vuilniskar door kon zonder tegen de huisgevels aan te schuren. Onder de straatlantaarns wierpen ze lange schaduwen op de grond. Twee mannen die na het feest naar huis terugkeerden trapten om de beurt tegen een leeg bierblikje, tot het in elkaar gedeukt onder de sneeuw verdween.

Ze sloegen een hoek om, volgden het straatje waar

ook de school was en kwamen zo op de weg die kronkelend naar de heuvels achter het dorp leidde. Er hing een wegwijzer met in grote drukletters: BRAMENHEUVEL VAKANTIEPARK.

'Weet je zeker dat je ernaartoe wil?' vroeg Matti.

'Wat dacht je?' zei ze en ze zette er flink de pas in.

Ze volgden de sporen van sleeën waarop kinderen van de bungalows naar het dorp waren gegleden. Matti dacht aan hoe ook hij vroeger met vader naar de heuvels trok om er te gaan sleeën. Soms klommen ze samen op één slee en slalomden tussen de bomen door naar beneden.

Toen ze bijna bij de ingang van het park waren, stopte hij.

'Ik moet je nog iets vertellen,' zei hij.

'Als je niet te lang treuzelt,' zei Drika.

'De bloemenweide die je wil zien...'

'Ja?'

'Die is nu een parkeerterrein.'

Drika boorde haar stok diep in de sneeuw langs de kant van de weg, maar zei niets.

'Ik durfde je het niet eerder te zeggen.'

Ze stak haar neus in de lucht als een hond die het juiste geurspoor op wil snuiven.

'Rotjoch,' blafte ze.

Voor de ingang van het vakantiepark stonden een rood-wit gestreepte slagboom en een betaalautomaat. Matti en Drika glipten onder de slagboom door naar de plek waar vroeger de weide lag. Op een brede strook van het terrein was de sneeuw geruimd. Er stonden auto's en een toeristenbus.

'Ik wist het al,' zei Drika, nadat ze een hele tijd had staan luisteren naar de geluiden die de heuvel op waaiden. De verre muziek van het feest, de wind die de afrastering liet kletteren, het gebrom van de vrachtwagens aan de haven. 'Mama had het me ook al gezegd. Maar ik wilde haar niet geloven.'

'Soms hebben mama's gelijk,' zei Matti.

'Vast wel,' stamelde Drika.

Stuifsneeuw werd de heuvel op geblazen. De vlokjes dansten tussen de auto's en vielen dan neer op de grond.

'Maar niet altijd.'

'Nee,' zei ze. 'Zeker niet!'

Aan de achterkant van het parkeerterrein was een weggetje waarover ze aan de bosrand konden komen. Ze volgden het pad tussen de berken. Af en toe plofte een hoop sneeuw uit de kruinen naar beneden. Een konijn scheerde rakelings voorbij. Matti schrok zich suf. Hij knipte zijn zaklamp aan en joeg met de lichtstraal een fazant van onder de struiken.

Na een tijdje kwamen ze bij een muur van takken met messcherpe stekels. Het wegje was overwoekerd door de braamstruiken. Matti probeerde eromheen te komen, maar algauw haakten de grillige takken zich vast in zijn jas. Hij had de grootste moeite om zich weer los te trekken.

'Hier was het,' zei Drika. Ze konden echt niet meer verder op het pad. 'Dit zijn de stekels.'

Matti keek haar verbaasd aan en scheen met de lamp op haar bril.

'Het was een sprookje, toch?'

'Misschien,' zei ze. Er zat een lachje rond haar mond. 'Het is maar wat je er zelf van maakt.'

Opnieuw bleven ze staan luisteren. De stilte van het be- sneeuwde bos had het hier gewonnen van de feestmu- ziek. Takken piepten en schuurden. Er ritselde een dier.

Matti hielp Drika aan haar arm het bos weer uit. Van- af de heuvel zag hij het meer oplichten. De ijsweg sneed het met één donkere lijn doormidden. Halverwege flik- kerden de minuscule blauwe en oranje lampjes van de reddingsdiensten.

Opeens kreeg Matti het warm en koud tegelijk. Een heel eind verderop, aan de rand van het dorp, zag hij het dak van hun huis. En voor dat huis stond het atelier van zijn vader, met hoog in de achterkant het glas-in- loodraam met Sirius.

'Wat zie je?' vroeg Drika omdat hij bruusk bleef staan. 'Het raam.'

Drika bewoog haar hoofd zoekend heen en weer.

'Er brandt licht in papa's atelier,' zei Matti.

Het zilver en violet van de vinnen glansde in het don- ker. De ogen van de kempvis straalden. Uit honderden schubben spatte het licht naar buiten.

'Kom op!' riep Matti en hij trok Drika achter zich aan, langs de afrastering van het vakantiepark, de heuvel af.

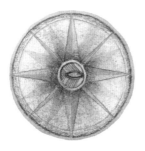

Ze raasden door de straten van Winteroever, over de spiegelgladde stoepen en door besneeuwde bloemperken, langs de bevroren fontein en de kleine supermarkt, tot aan het huis met de altijd gesloten rolluiken. Matti voelde het bloed bonken tegen zijn slapen. Hij kneep Drika's hand bijna fijn. Ze had de grootste moeite om hem bij te benen.

Ze glipten door het tuinpoortje en volgden het pad langs het houtschuurtje naar het atelier. De opgehoopte sneeuw voor de deur was opzijgeschept. Het bonsde steeds harder in zijn hoofd. Binnen brandde licht en iemand had muziek opgezet. Jazzmuziek. Een diepe vrouwenstem. Hij legde zijn hand op de klink en duwde ze naar beneden. De deur schuurde open. 'Summertime' tuimelde de ijsnacht in.

't Is zomertijd
en het leven is simpel.

Daar stond vader, met zijn rug naar de deur, gebogen over de werktafel. Er hing een geur van schimmel en chemische producten. De vloer was bedekt met scherven. Niemand had hier de afgelopen maanden een voet binnen gezet. Het glas prikte in hun laarzen.

Vissen springen op

137

en we hebben het fijn.

Voor vader op tafel lagen honderden glasscherven in blauw en wijnrood, mosgroen en wit met bloemmotieven. Hij had de kapotte stukjes van de vloer geraapt en was bezig ze in elkaar te puzzelen.

Je vader is rijk
en je moeder is prachtig.

Even leek het of vader hen niet had opgemerkt. Het gerinkel van het glas vermengde zich met de muziek. Een hele tijd zeiden ze niets, Matti en zijn vader, want ze zongen in stilte mee:

Dus stil maar lief kind
en huil niet meer.

Pas nadat de zangeres de laatste noot met een triller had afgerond, keerde vader zich om. Zijn haren kleefden in slierten op zijn voorhoofd. Hij droeg werkhandschoenen en een jas over zijn pyjama. De zomen van de broek hingen nat van het smeltwater op zijn schoenen.

'Wat doe jij...?' was het enige wat Matti kon uitbrengen.

Vader hijgde van de inspanning. In de puzzel van glasscherven op tafel herkende Matti de contouren van een bootje.

Matti zette een paar stappen naar voren. Zijn benen wiebelden. Het gaat te vlug, dacht hij, ook al had hij hier zo lang op gewacht.

'Wat is er met je lip?' vroeg vader. Hij was nu vlakbij. Matti rook de geur van muffe kleren en opgedroogd zweet die het laatste jaar bij vader was gaan horen. Hij trok een want uit en voelde aan zijn mond. Zijn onderlip was gezwollen en er kleefde wat bloed aan.

'Niets,' zei Matti.

'Heb je gevochten?'

'Nee,' zei hij.

'Ja,' zei Drika, die bij de deur was blijven staan.

Vader keek haar verbaasd aan.

'Drika, aangenaam,' zei ze, nog voor hij wat kon vragen. Ze zocht tussen de schaduwen van het atelier de donkere vlek van een man.

'Mijn beste vriendin,' zei Matti.

Vader verschoof de glasstukjes een paar millimeter. Soms verwisselde hij kleuren of koos hij een ander stukje als de puzzel niet goed paste. Het bootje dreef op een meer van groen en blauw. En in het bootje plaatste vader een figuur. Een man, vrouw of kind, dat was nog niet goed te zien. Hij duwde met de punt van zijn schoen de glasscherven op de vloer uit elkaar en bukte zich om een langwerpig robijnrood stuk te pakken.

'Hier,' zei hij en hij gaf de scherf aan Matti. 'Nu jij.'

Zij aan zij stonden ze aan de werktafel en schoven de glasstukjes op de juiste plek. Boven het meer groeide een oranje lucht met paarse strepen, die net zo goed een zonsopgang als een zonsondergang kon voorstellen.

Matti keek even naar Drika, die naar de muziekinstallatie was geschuifeld en haar vingers over het rekje met cd's liet gaan. Ze leek in haar eigen wereld verzonken.

'Het is gelukt, papa,' zei hij. 'Sirius is veilig in het aquarium van de universiteit. Ze zullen er goed voor hem zorgen.'

Vader draaide een stukje glas ondersteboven en weer terug.

Nu komt de glimlach, dacht Matti. Die ene glimlach

die alle inspanningen van de voorbije dagen de moeite waard maakte, de tocht over de ijsweg, de koude, het laatste gevecht.

Maar glimlachen kon vader nog niet.

'Hoe ben je aan de overkant gekomen?' vroeg hij. Zijn stem kraakte al net zo als de scherven onder hun voeten.

'Over het ijs. Ik heb de vis in een warmwaterkruik gestopt en toen...'

Even bleven vaders ogen haken aan de zijne. Achter het heldere blauw schemerde de somberheid door die hem nu al zo lang in haar greep hield.

'Hoe haal je het in je hoofd?' prevelde hij.

'Sirius is gered, dat is toch wat telt? En Drika heeft me geholpen.'

'Het is mijn schuld,' zei vader. 'Ik had beter op je moeten letten. Had ik geweten wat je van plan was...'

Matti keek naar het glas-in-loodraam in de nok van de werkplaats. Buiten glansde het in de nacht, maar van hieruit was het een donker gat.

'Komt alles weer goed?' vroeg hij. De vraag floepte eruit.

Vader liet zijn vingers over de scheur glijden waar Matti's jas in de braamstruiken was blijven haken.

'Met jou,' zei Matti. 'Met mama. Met ons.'

Daarop schalde de diepe bluesstem weer door het atelier.

't Is zomertijd
en het leven is simpel...

Vader keek verschrikt om. Drika draaide snel het volume wat zachter. Ze verontschuldigde zich, drukte in het wilde weg op alle knoppen van de cd-speler tot de muziek ophield. Matti likte een korstje bloed van zijn lip. Vader verschoof nog een puzzelstuk, draaide zich om en stapte naar de deur.

'Ik ben alweer doodop.' Hij trok zijn jas dicht over zijn pyjama. 'Laten we naar binnen gaan.'

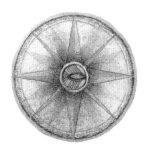

Vader slenterde voor Matti en Drika uit over het tuinpad naar het woonhuis. Een vers laagje sneeuw had hun voetstappen toegedekt. In het halletje hielp Matti vader zijn jas uit te trekken. Daarna hing hij ook die van Drika aan een haakje en zette hij de twee paar sneeuwlaarzen naast de andere schoenen op de mat. Vader liet zich op de bank zakken. Hij pakte een kussen en legde zijn voeten op het salontafeltje.

Matti bleef even naast de bank staan, maar wist niet meer wat hij moest zeggen. Wat had het ook voor zin? Zijn woorden zouden net zo op vaders schild afketsen als tevoren. Hij dekte vader toe met het geruite dekentje en volgde Drika de bijkeuken in.

De deur stond wijd open en op de vloer lagen aquariumfilters en verlichtingsbuizen op elkaar gestapeld. Ook de planken waar tot vanmiddag de glazen potten op hadden gestaan, waren van de muur gehaald.

'Schijn nog eens op je gezicht.' Drika's stem weerkaatste tegen de kale wanden.

'Waarom?'

'Ik wil je nog één keer zien voor ik vertrek.'

Matti's adem stokte. 'Hoe bedoel je?' riep hij. 'Ga je nu al weg? Het is midden in de nacht! En de ijsweg is dicht.'

Drika grinnikte. 'Dacht je nu echt dat ik alleen terug zou lopen? Je moet mijn ouders bellen, slimmerik.'

'Je kunt ook hier blijven,' zei hij, nadat hij de tas met de zaklamp was gaan halen. 'Je mag in mijn bed slapen, als je wil. Ik kruip wel bij papa op de bank.' Daarop knipte hij de zaklantaarn aan. Hij werd weer het buitenaardse wezen van op de ijsweg.

'Je bloost,' zei Drika.

Matti voelde haar vingers over zijn wang glijden. De amandelkoekjesgeur.

'Wil je dan nu bellen?'

Matti noteerde op een stukje papier de cijfers die Drika dicteerde.

'Wat moet ik zeggen? Dat ik je midden op het meer ben tegengekomen? Dat ik hen had horen roepen, maar stil ben blijven zitten? Dat ik je naar de Bramenheuvel heb gebracht?'

'Zeg maar dat ik alleen over de ijsweg hierheen ben gestrompeld en dat jij me in het café hebt gevonden. Dat ik verkleumd was en jij me hebt verzorgd.'

'Zullen ze dat geloven?'

'Nee,' zei Drika. 'Maar ze zullen het er wel mee moeten doen.'

Matti toetste het telefoonnummer in. De bel rinkelde drie keer. Hij herkende de vrouwenstem meteen.

'We hebben Drika gevonden,' zei hij.

Drika's moeder slikte. Het bleef even stil aan de andere kant van de lijn. Ze vroeg of alles in orde was. Matti stelde haar gerust en gaf hun naam en het adres. Ze had haar man al geroepen en haar jas al aangetrokken nog voor hij de verbinding verbrak. Over de ijsweg konden Drika's ouders voorlopig niet. En het duurde nog wel even voor ze de 87 kilometer rondom het meer hadden afgelegd.

Matti schonk hete chocolademelk in twee mokken. Drika zat op de stoel van zijn moeder en dronk met zachte smakgeluidjes. Op de bank klonk vaders trage ademhaling. Alles aan Matti's lijf tintelde. In de warmte van de woonkamer voelde hij pas echt hoe vreselijk koud het buiten was geweest. Het topje van zijn neus was bijna gevoelloos en zijn wangen leken met schuurpapier te zijn opgewreven.

Er stopte een auto voor de deur. Drika keek verschrikt op. Zo vroeg konden ze hier nog niet zijn. Matti herkende de onregelmatige brom van vaders bestelwagentje. Hij wilde naar boven hollen en zich verstoppen in het zolderkamertje, maar hij kon Drika hier niet alleen laten zitten. En tijd om haar de trap op te helpen was er niet.

De voordeur zwaaide open. Een windvlaag blies door het halletje naar binnen. Moeder en Jarno liepen met hun besneeuwde schoenen aan de woonkamer in. Ze droegen grote kartonnen dozen die rammelden toen ze voor het aanrecht op de grond werden gezet. Matti frunnikte aan een draadje van zijn trui.

'Gelukkig, je bent thuis,' zei moeder terwijl Jarno in de auto een nieuwe lading ging halen. Haar blik bleef even rusten op Drika, de witte stok die tegen de tafel leunde, haar onrustig zoekende ogen.

'En je hebt bezoek, zie ik?'

Matti was blij dat ze over Drika begon, en niet over het gevecht met Jarno.

'Dit is Drika,' zei hij.

'Hallo,' zei Drika.

'Dag,' zei moeder. 'Hopelijk heb jij een rustigere avond gehad dan wij hier.'

Matti verslikte zich.

'Haar ouders komen haar zo meteen ophalen.'

'Zijn ze ook op het feest?'

'Ik woon in de stad,' zei Drika.

Daarop sloeg Jarno de deur met een klap achter zich dicht en slofte de hal door. Hij hield een kleine doos voorzichtig rechtop. Achter hem op de vloer lag een spoor van sneeuwklonters.

'Kijk eens, Spits,' zei Jarno overdreven vriendelijk, terwijl hij het doosje voor Matti op tafel zette. 'Speciaal voor jou.'

Matti kon hem nog steeds niet in de ogen kijken. Hij vouwde de kartonnen kleppen open. Bovenin lag een lap stof. Jarno tuurde mee over zijn schouder en ook moeder was zichtbaar geïnteresseerd in Matti's reactie op wat er in de doos zat.

'Geen poes,' grapte Jarno, terwijl Matti het stuk stof eruit trok en er een deksel zichtbaar werd.

Matti haalde een glazen pot uit de doos en zette hem op tafel. Er zat een kempvis in, een mosterdgroene superdelta. Zijn vinnen waren nog intact en nergens zaten beten of schrammen.

'De andere zijn verkocht,' zei moeder. 'Maar deze mag jij houden.'

Hij legde zijn handen plat tegen het glas. De vis zwom omhoog en omlaag, maakte een bocht en dook dan weer weg.

'Jarno zal een van de planken doormidden zagen en in je kamer ophangen. Naast je kleerkast is er net plaats genoeg.'

'Ik wil hem niet op mijn kamer,' zei Matti. 'En al helemaal niet in zo'n kleine pot.'

Moeder keek hem onbegrijpend aan.

'En ik dacht net dat jij zo graag...'

'Ik hoef hem niet meer,' zei hij.

'Maar...'

Matti tilde de vis van tafel en pakte zijn zaklantaarn in de andere hand. Hij knipte het licht aan en scheen op de superdelta.

'Kun je hem zien?'

Drika's ogen flitsten op en neer.

'Hij is groen, denk ik.'

'Mosterdgroen,' zei Matti. 'Met een staart als de monding van een rivier. Jij mag hem hebben.'

'Ik? Wat moet ik met een vis?'

'Aan mij denken,' zei Matti. 'Maar geef hem wel een grotere bak. Ik heb het gehad met die vreselijke inmaakpotten.'

Daarop boog Drika zich voorover en drukte haar voorhoofd tegen het glas, net zoals ze dat in het aquarium had gedaan. De kempvis zwiepte met zijn achterlijf en ging heel dicht aan de oppervlakte zwemmen.

'Hij vindt me wel oké,' zei ze.

'Ja,' zei Matti. 'Héél oké.'

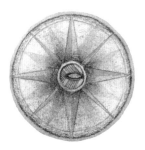

Vader was een nieuwe schaakpartij tegen zichzelf begonnen. Af en toe liep Matti naar de bank als hij een schaakstuk hoorde verzetten. Ieder stuk dat vader sloeg, was winst en verlies tegelijk. Het was maar hoe je het bekeek.

Moeder had slaapspullen voor Jarno bij elkaar gezocht en hem een matras en wollen dekens gegeven. Hij bleef meteen in zijn nieuwe kamer overnachten. Daarna ging ze zich douchen, alsof ze de voorbije avond van zich af wilde spoelen. Terwijl ze boven was, ging Jarno tussen Matti en Drika in aan tafel zitten. Een haarlok die stijf stond van de gel viel over zijn voorhoofd.

'Dus dát was het,' fluisterde hij, zodat moeder het zeker niet kon horen. 'Daarom moest je zo nodig over de ijsweg. Die showvis was helemaal niet dood!'

'Nee,' zei Matti. 'Sirius krijgt morgen een échte bak.'

'Je bent geschift, Spits. En je hebt tegen me gelogen.'

Drika tikte hard met een lepeltje tegen haar mok. Het kuiltje in haar wang was weg.

'Misschien moeten jullie er maar eens mee ophouden,' blies ze.

'Waarmee?' Matti trok een trui uit en wierp hem met een boog op het aanrecht.

'Met al dat gedoe.' Drika gaf hem een trap onder tafel.

'Ik weet niet wat je bedoelt.' Matti stond op, greep de trui en hing hem over het rekje waarop moeder de natte vaatdoeken liet drogen. De dozen met potten stonden als een barricade tussen hem en Jarno in.

'Ze heeft gelijk, Spits,' zei Jarno en hij schoof zijn stoel wat naar achteren zodat hij Matti beter kon aankijken. 'Ik weet dat je een hekel aan me hebt. Mij best, maar het lost niets op.'

'En geef Jarno ook een mok,' zei Drika. Ze had haar bril afgezet en met de pootjes ingeklapt op tafel gelegd. Op haar neus glom een rood randje waar het montuur had gezeten.

Matti luisterde naar het schuiven van de schaakstukken. Zet en tegenzet. Toen haalde hij bruusk de pan van het fornuis. Chocolademelk spatte op de grond.

'Waarom heb je mama niets gezegd?' vroeg hij, terwijl hij de pan en een extra mok voor Jarno op tafel knalde. 'Ze had je eropuit gestuurd om mij te zoeken, toch?'

Jarno schonk de mok van Drika nog eens vol en vulde daarna de zijne.

'Omdat ik opeens snapte dat het menens voor je is,' zei hij.

Matti keek zijn neef recht aan. De vossensnuit was nergens te bespeuren.

'Ik weet dat je het niet makkelijk hebt, neefje. Met je vader, en dan kom ik er nog eens bij.' Hij blies rimpels in de chocolademelk. 'Herinner je je dat ik die boeken in de fik heb gestoken op school?'

Nogal wiedes dat Matti zich dat herinnerde. Als Jarno niet zo belachelijk dom was geweest, was hij nooit van

148

school gestuurd en hadden ze ook nooit de bijkeuken moeten ontruimen.

'Ik goot benzine op het vuur terwijl iedereen keek. En weet je waarom? Ik wilde betrapt worden. Ik hoopte dat iemand me zag en me kon begrijpen.'

'Moet je daarom zo nodig een vuurtje stoken?'

'Op school ging het niet en thuis was het een puinhoop. We kunnen niet met elkaar overweg, Jakob en ik. Als jouw mama er niet was geweest, had hij me al veel eerder uit huis gezet.'

Matti roerde heftig in zijn mok. Het lepeltje kraste tegen de rand.

'Ik denk dat ik je een klein beetje begrijp, Matti. Het was een geschift plan met die vis, maar je hebt wel lef. Misschien wel het meeste van iedereen hier in huis.'

Boven hen klakten moeders voetstappen. Matti nam een te grote slok. De hete melk schroeide bijna zijn tong.

'Als er hier iemand echt lef heeft, dan is het Drika wel,' mompelde hij.

Nadat Jarno zich in de bijkeuken had teruggetrokken, kwam moeder bij hen zitten. Ze droeg een beige kamerjas en haar slippers. Ze zei dat alle pruimentaartjes waren verkocht en dat ze eigenlijk opgelucht was dat de vissenkamp niet was doorgegaan.

'Je weet het maar nooit met die schijngevechten,' zei ze. 'Het loopt zo snel verkeerd af.'

Daarna praatte Drika honderduit over de modelbouw van haar vader. Ze had hem eens geholpen om een olietanker tot in het kleinste detail na te maken. Het kuiltje was weer terug en er twinkelde iets in haar zieke ogen. Ze vertelde over hoe moeilijk haar ouders het hadden met het idee dat hun dochter blind zou worden. Liefst hadden ze haar onder een glazen stolp op hun nachtkastje gezet, zodat haar nooit meer iets kon overkomen. Toen ze sprak over de operatie en hoe bang ze er eigenlijk voor was, kreeg ook Matti's moeder het benauwd. Over de tocht over de ijsweg werd niets meer gezegd.

'Daar zijn ze,' zei Matti. Een auto vertraagde enkele huizen verderop en kwam voor hun deur tot stilstand. Twee portieren gingen open en klapten weer dicht. Matti wikkelde gauw de pot met de vis in de lap stof en stopte hem weer in de doos. Drika liet zich van de stoel glijden en greep haar stok.

'Ze hebben ons eindelijk gevonden.'

Matti klemde de doos onder een arm en leidde Drika naar het halletje.

'Dankjewel,' zei ze en bukte zich om haar laarzen aan te trekken.

'Ik duim voor de operatie,' zei Matti. Nu ze afscheid moesten nemen wist hij zich geen houding meer te geven.

Drika trok haar klamme jas aan. Matti zette de doos naast de voordeur op de grond en hielp haar om haar wanten en oorbeschermers te pakken.

'Je komt toch op bezoek?' vroeg ze.

Op dat moment krabbelde vader van de bank. Schaakstukken vielen om, zijn dekentje schoof op de grond. Matti haastte zich verschrikt weer de woonkamer in. Drika kwam hem achterna.

'Wacht even,' zei vader. Hij ademde diep in en stapte naar de muur met het gesloten raam.

Ook moeder kwam aangehold, haar kamerjas flapperde wijd open. Ze raapte het dekentje op en wilde vader een arm geven, maar hij weerde haar af.

'Wat gebeurt er?' vroeg Drika. Matti kneep zacht in haar hand.

Vader begon met al zijn kracht het rolluik omhoog te trekken. Streepje voor streepje werden de schaduwen van de huizen aan de overkant zichtbaar.

Matti zette een stapje naar voren. De deurbel ging. Moeder repte zich de gang in om Drika's ouders binnen te laten.

'Je hebt het voor mij gedaan, hè?' zei vader toen het rolluik bijna open was.

'Ja,' antwoordde Matti. 'En voor Sirius. Hij is je lievelingsvis, dat was je toch niet vergeten?'

Vader gaf een laatste ruk aan het lint.

'Nee,' zei hij langzaam. 'Dát wist ik nog.'

De gloed van de straatlantaarns scheen op zijn gezicht.